W0381609

ADIKOU

RAPHAËLLE RED

ADIKOU

roman

BERNARD GRASSET
PARIS

Photo de la bande : Adeline Rapon

p. 69, « Tennessee », interprété par Kalash et Ninho,
sur l'album *Tombolo* (Play Two, Mwaka Moon Music, 2022).
p. 105-106 et 145, *Peau noire, masques blancs*, Frantz Fanon,
éditions du Seuil, 1952.
p. 130, « Running », Gil Scott-Heron.

ISBN 978-2-246-83531-8

I.

1.

J'étais enfoncée dans le creux du canapé à boire du cidre à la bouteille quand elle a appelé. C'était l'été et j'avais mes habitudes : après le travail, je retrouvais un garçon blanc dans un bar où j'en embrassais un autre pour lui souhaiter bonne nuit, puis je m'endormais avec l'homme pâle qui payait le loyer et je me réveillais sans lui, je prenais mon petit-déjeuner, je fumais des cigarettes et je buvais du cidre à la bouteille jusqu'à ce qu'il soit temps de mettre le pantalon et le polo avec le logo jaune. C'était l'été et je transpirais dans le métro et aussi dans la cuisine du fast-food. On était censées laver les polos tous les jours et les pantalons tous les deux jours ou quelque chose comme ça. C'était l'été et je transpirais dans le polo jour après jour, et ça sentait l'alcool, pas la sueur de sel des étés d'océan ; c'était de la sueur d'adulte, chargée d'avenir. On en voyait pas le bout.

Ce qui s'est passé, c'est qu'elle est entrée et qu'elle m'a dit, Nique ça, fais tes valises, on s'en va.

Ma bouche était lourde d'une salive épaissie de gueule de bois et de larmoiements. Mes dents du fond baignaient dans le mélange, ça resserrait l'étau au fond de ma gorge. J'ai gardé les lèvres à moitié fermées pour demander, T'as dit quoi ?

Elle aussi avait commencé à faire des rêves étranges et bleus. On se rassurait : ça finirait par passer, puisque c'était ce qui se disait de la jeunesse, de la rage et des révoltes. En dormant elle imaginait, dans son cou, des points de suture qui tissaient une carte. Le fil était chargé de minéraux et le sang de sel. L'aiguille laissait une odeur de fer. Elle se réveillait fatiguée : la texture de la poussière, la lumière d'un soleil écrasé contre sa peau. Ça la faisait rager face au bitume qui luisait faiblement dans la lumière grise ; et puis faire des listes de départ : un petit appareil pour peser les valises, des paquets de tabac, un gros sac pour les affaires à stocker en banlieue parisienne.

Elle trouvait mes visions amusantes. Je disais : L'autre jour, le fast-food était plein et l'écran fondait aux couleurs de Windows 97 et j'ai vu tous les corps s'écraser sur le sol, en vrai de vrai, j'ai entendu le goutte-à-goutte épais du sang. Elle, elle riait, résonnait dans mes oreilles, noyait le son éclaté de mes os qui craquent. Les mauvais jours dans mon genou le tendon lâchait. J'en étais tellement sûre que je refusais de marcher. Je m'accrochais au métal de mon plan de travail, devant les cornichons, jusqu'à ce que mon pouls ralentisse et que ma tête cesse de courser les ouragans. Il fallait se forcer à respirer malgré la douleur dans la poitrine, parce qu'il y avait sur l'écran tout un tas de commandes à traiter en leur appuyant dessus au fur et à mesure. J'appuyais.

Mais je trimballais quelque chose de furieux qu'elle reconnaissait. Alors quand elle a répété, Nique ça, fais tes valises, après que je lui ai demandé ce qu'elle avait dit, ça a semblé logique. De nous deux, c'était souvent elle qui prenait les décisions. Le creux du canapé était plein de miettes qui collaient à mes poils, il y avait aucune raison de ne pas la suivre.

Je nous aime assises ensemble, joue contre biceps ou cuisse contre poitrine, aiguisées par l'instinct, nos corps qui discutent dans la langue de l'anguille ou du lézard. Elle a dit : Écoute, je suis pas fâchée, mais il faut qu'on y aille.

Je m'adoucis quand elle me parle comme à une sœur. Quand mes muscles se détendent j'imagine qu'ils s'élargissent. J'aimerais sentir de la force autour de mes os.

Le temps que les sacs soient faits l'été avait pourri. Tous les ans, quand on y prête attention, il tache les fruits, gonfle l'asphalte, ramollit les baies jusqu'à ce que leur jus coule dans le réfrigérateur et teinte le silicone. C'est quand elle a mis les polos et les pantalons sales dans un sac-poubelle et qu'elle a fait un nœud avec les bandes de plastique jaune que j'ai été sûre que c'était pour de vrai. J'y ai pas réfléchi plus que ça. Elle avait besoin d'une raconteuse et moi, j'aimais déjà les histoires.

C'est la lueur rouge qui l'a réveillée. Elle entrouvre ses paupières et du soleil tombe derrière une aile. Elle colle sa joue contre le hublot où la chaleur traîne. Elle tient là encore un peu, la nuque pliée. Ça fait des heures que son estomac se ronge lui-même, comme un serpent se mord la queue. Elle ravale les reflux. Il faudrait qu'elle mange.

Elle a fait pleine de retenue les petits pas qui menaient à la machine sur le tarmac de Roissy. Elle a dit Roissy, et puis qu'elle était pas là pour honorer les tortionnaires, n'empêche que l'aéroport s'appelle Charles-de-Gaulle et que ça pose question, comme si on ne saisissait pas toujours les moments dans lesquels on prête allégeance. Elle a dit qu'elle voulait bien, oui, devenir son passeport, mais que ça ne l'honorait pas particulièrement de certifier la véracité de l'identité nationale, française. À la PAF elle a imaginé poser ses entrailles gâtées sur la table en plastique de la douanière qui a apposé le tampon et s'est remise à son téléphone. Elle a plié son corps et remballé ses sous, collé sa carte d'embarquement contre le scan de la porte automatique, battu quatre fois les paupières humides avant de les sécher à la clim. Ça fait des heures qu'elle se tapote la clavicule avec l'index, pour se donner du courage elle chuchote : Tu pars trouver la paix/ça ira mieux après/ tu vas vite t'habituer. De temps en temps, je peux pas m'en empêcher, je me détourne pour ricaner.

À part elle, je n'ai vu personne voûter les épaules, terrifiée, en passant l'embrasure trop basse de la cabine. Les autres ont dit bonjour bonjour bonjour comme ça à chaque étape jusqu'à être à leur place, et on aurait dit que les gens se connaissaient. Les trois femmes de la dernière rangée ne se sont pas tendues quand l'avion s'est mis à vrombir, quelques minutes avant quatorze heures. Il devait bien y en avoir d'autres, des cachées sous leurs capuches qui voulaient attendre, frôler le sol encore un peu, voulaient quelques secondes de plus avant d'y aller. Maintenant on dirait que tout le monde se laisse bercer par le bruit de ferraille. Il y en a qui pensent à leur retour au pays, à leur voyage d'affaires, à leurs vacances au soleil. Il y a une femme qui dit à son amie que l'Afrique c'est magnifique, qu'elle va voir, qu'elle a bien fait de faire les vaccins facultatifs au centre Air France parce qu'une fois là-bas on sait pas trop, mais enfin elle a hâte que son amie la découvre à son tour, l'Afrique, parce qu'elle, elle y est allée une fois, au Mali, petite, et c'était vraiment super.

Il y a ceux qui sont heureux, et ne cachent pas leurs visages pleins d'attentes. Leurs traits tirés se délient à l'évocation de Lomé, des amis qui seront là ce soir, et de la mère qu'on revoit, et de sa terre vers laquelle on tend.

Et puis elle, qui voyage avec sa propre trousse à pharmacie européenne, et dans son sommeil rancunier tressaute.

Les lumières de la cabine diminuent lentement à l'annonce de l'hôtesse qui voudrait que les passagères se sentent prêtes à atterrir. C'est brusque, lorsque les lettres se dessinent en néon rouge, brûlant, pour annoncer l'aéroport international d'un autre tortionnaire.

Dans la queue pour le contrôle des passeports, elle fait de petits pas autour de l'attente pendant que ça tournoie dans sa tête. Elle a toujours aussi peur de son nom qu'à l'ambassade du Togo à Paris, où elle a aussi fait sur place de petits pas anxieux en attendant qu'on lui tende le visa. Elle préférerait qu'on ne le reconnaisse pas comme celui d'un enfant du pays, surtout pas un de ceux qui se sont rebellés contre le pays. Je lui dis que personne ne s'arrêtera dessus, personne, c'est un contrôle de routine, pas un contrôle de retour, c'est avec le passeport teinte bordeaux qui passe partout, personne ne s'arrêtera dessus, personne.

— Vous êtes métisse ? Franco-togolaise ?

Elle reconnaît un des hommes d'affaires de l'avion. Il exhibe, grand, un sourire qui se veut probablement rassurant alors elle dit Oui pas très fort mais comme si c'était sûr. Le garde-frontière, depuis sa cabine, lui fait signe d'avancer, voilà, de rester à cet endroit-là, d'enlever le foulard qui recouvre sa tête pour la photo et de regarder droit dans la pupille de la webcam. Droit à travers la webcam, elle le regarde, lui. Elle voit son âge proche du sien, les lignes fines de son visage, son ennui minutieux. Il ne parle pas, alors elle se raconte ses histoires au rythme des petits pas sur le linoléum, elle se dit qu'il ressemble à son père, si fier d'un fils en uniforme, d'une progéniture qui durcit ses traits fins et lisse ses yeux dans le vide, qui apprend bien à tenir droit la mâchoire. Il partage avec son père une façon de fixer la tension et d'autres choses aussi, comme les bottes militaires, les anecdotes de coups de pied et le fait de cracher loin. Elle voit le soldat, son âge proche du sien, elle voit le père du soldat qui garde et le sien qui est gardé, jetant les bras sur son visage pour se protéger, et puis elle l'imagine de moins en moins attentif à ne pas mourir.

Le soldat lit toujours sur l'écran de l'ordinateur, alors elle se raconte ses histoires au rythme de ses dents qui se pressent l'une contre l'autre, et quand elle arrive à la fin, son père à elle est suffisamment brisé par le sien pour s'arrêter, ou pour se taire, ou pour quitter le pays. Quand son père est prêt à devenir quelqu'un qui disparaît, quand elle pense que c'est pas possible que la vérification d'un visa prenne autant de temps si tout va bien, le garçon qui garde la frontière lève la tête. Elle fixe les yeux qu'il a hérités de son père pendant qu'il lui adresse le nom qu'elle a hérité du sien. De petits silences résonnent à la place des bruits de portes et de menottes et des autres souvenirs qui appartiennent à leurs pères respectifs. Le garçon lui rend son passeport, elle l'attrape, elle sent le carton lustré glisser un peu dans sa main moite, lève les yeux vers lui et ça dure une seconde et ça dure trente-trois ans. Il lui fait signe pour dire entre ou bienvenue ou va-t'en, et elle s'en va.

En marchant elle se lance dans une tirade, dit qu'elle-même coule comme l'eau et défie les frontières, dit qu'on ne peut rien lui enlever parce qu'elle ne tient à rien, dit qu'elle est symboliquement apatride. Je lui signifie que la métaphore est de mauvais goût. Concrètement, elle en a un, d'État, sinon elle aurait pas passé le poste-frontière comme ça, donc ça va deux minutes. Le couloir débouche sur un long ruban en caoutchouc sale qui se met à rouler après un son d'alarme, acheminant lentement d'énormes paquets. Elle devine déjà la lourdeur de l'air au dehors. Son vieux sac à dos vient s'entrechoquer avec d'autres bagages sur le tapis roulant, le sac plastique dans lequel il était enveloppé est crevé. Elle enfile une bretelle, plie un peu sous le poids, enfile l'autre. Derrière le poste de douane il y a les portes aux vitres mates qui s'ouvrent automatiquement sur un hall rempli de familles en attente et d'hommes en chemise à manches courtes. Elle essaie de repérer lequel est venu l'accueillir et feindre une familiarité, l'identifie direct. Il a la tête souriante des gentils professeurs dans les dessins animés, des lunettes à monture noire et allongée soulignent la rondeur de son visage. Sur un papier, il porte en gros caractères imprimés le nom du père et elle chuchote, Pas si fort, à la pancarte, face à son nom qui l'effraie et qui n'est pas le sien. Elle, elle signe du nom de sa mère – elle dit, du nom de ceux qui l'ont élevée. Un nom du Nord (il faudrait préciser du nord de la France, elle n'y pense jamais) qui sent la cassonade sur les crêpes et les banlieues industrielles, un nom bien de chez nous. Le nom du père, celui du passeport et des visas, est un danger qui s'aiguise ici.

Le professeur baisse son papier, il l'a vue.

— Adikou ?

il demande, et de sa bouche les syllabes tombent comme elles ne l'ont jamais fait

A-di-kui

Elle dit qu'elle savait pas que ça se prononçait comme ça.

Adikou sent comme la chaleur, apaisée par le soir, l'enveloppe. Le professeur l'entraîne vers une voiture vert foncé. Ça sent la poussière en été qui dessine des motifs dans l'air quand les derniers rayons de soleil tombent en biais. Il démarre le moteur, passe la première avec peine.

— Je t'ai vue pour la dernière fois, ce devait être en 97. Tu avais peut-être trois mois.

Il accélère, passe la seconde, puis la troisième alors que la voiture débouche du parking sur la rue.

— Pas plus de six en tout cas, c'est sûr. À l'époque c'était plus difficile de distinguer les traits, ha, mais à présent…

Elle sourit poliment, remarque en elle-même que personne ne dit jamais *à présent.* La voiture atteint une sorte de rond-point, un feu passe à l'orange. Le professeur rétrograde et ralentit sous les klaxons des motos. Il tourne lentement son visage comme une chouette.

— … son portrait craché. Je suis content que ton père t'ait laissé mon numéro.

Elle répète qu'elle est ravie de le rencontrer. C'est un homme gai, avec des yeux qui semblent briller depuis l'intérieur de sa tête. Il porte des baskets sportives, solides, et un ensemble en wax élégant. Il a fini d'être surpris et demande si elle a fait bon voyage si elle est fatiguée si son sac est trop lourd si elle souhaite manger. Elle répond qu'elle voudrait du foufou, si c'est possible, sinon une petite chose, elle n'a pas très faim, peu importe. Le jean de sa salopette colle ses cuisses humides contre le siège.

— Tu veux manger du foufou ?

Le professeur dit Très bien, alors, on y va. Il semble amusé par sa réponse. Franco-togolaise ? Les mots prononcés plus tôt par l'homme d'affaires résonnent dans sa tête et font un bruit friable. Elle s'enterre dans le siège.

De l'autre côté du rond-point les lettres qui tordent son ventre défilent à nouveau, aéroport international Gnassingbé Eyadéma.

Sa vue se brouille un peu sous l'effet d'émotions qui ne sont pas les siennes, qui la secouent à cause du père qu'on a enfermé ici, elles sont un héritage, un ramassis d'exil qui la fait trembloter. Les lettres, elles, restent bien droites comme des piquets électriques et rougeâtres, rougeâtres. Le professeur dit :

— Tu as vu ils ont refait l'aéroport. Dans ta lettre tu disais que tu étais déjà venue par ici, non ? Oui j'ai bien compris que c'était seulement un mois, que c'était avec des Français. Mais tu avais dû atterrir ici. Il y a deux ans, c'est ça ? Un peu plus ? Tu ne veux pas en parler ? C'est pas la peine, je comprends. J'ai déjà détourné un voyage, moi aussi, déjà raté une rencontre. Tu es jeune encore, et orgueilleuse, je te vois venir, je t'ai vue arriver. Tu sais ta lettre m'a fait bizarre, et puis je me suis dit que j'allais au moins venir te chercher et te conduire à ta chambre de location. Enfin t'accueillir, quoi. Et ta famille, elle ne pouvait pas ? T'accueillir ? Tu ne la connais pas ? Tu vas la retrouver ? Enfin, tu connais quelqu'un ? Bon, ne t'inquiète pas, tu vas être bien ici. Apparemment il y a une autre locataire dans la maison où tu vas, elle travaille dans le centre de Lomé. Tu ne la verras pas beaucoup mais tu n'es pas seule, ne t'inquiète pas. Elle est jeune elle aussi, enfin, elle a peut-être quelques années de plus que toi. Vingt-trois ans, je crois. De toute façon je ne serai jamais loin, en tout cas tu as vu ils ont refait l'aéroport.

Adikou a vu. Le professeur fixe la route à travers le pare-brise, penché en avant. Sa voix est devenue somnolente, a plané un temps dans l'air lourd de la voiture. Les néons ont disparu dans le rétroviseur, électriques et rouges, mais les ampoules grésillent dans ses oreilles comme des mouches qu'on électrocute.

La fine moustache du professeur se soulève en emportant quelques bouts de la pâte visqueuse qu'ils partagent dans l'espace ombragé du restaurant. Les chaises en plastique ont au dos des noms de sodas et de bières. Il a voulu savoir si elle mangeait piquant, alors Adikou lui raconte la fois où, lors de son premier voyage au Togo, avec l'ONG, sur le terrain de l'école qu'il s'agissait de reconstruire, elle s'était retrouvée devant de grandes assiettes chargées d'une sauce rouge qu'il fallait absolument finir. Le professeur sourit et demande :

— Et ton père alors, il faisait jamais de sauces piquantes ?

— Non. Enfin, je ne crois pas. Je me souviens seulement de son crâne à lui suintant, des bulles s'y formant à mesure qu'il ingurgitait la polenta rougie par la sauce que moi je ne touchais pas, comme autant de larmes qui perlaient sur son front, je me souviens des bosses derrière ses tempes tendues, le long de ses oreilles. Ma fascination faisait éclater le père d'un de ces violents rires qui me remplissaient d'un mélange de chaleur et de peur.

Elle marque une pause. Elle s'interroge encore, des fois, sur ce rire, les proportions de son alliage entre joie et désespoir.

— Donc le piment, pour moi, ça n'a été longtemps que salé. Comme les larmes et la sueur si elles coulaient le long des papilles.

Le professeur regarde ses doigts rougis.

— Et maintenant ?

Elle dit qu'elle apprend à aimer ça. En réalité, le goût lui monte toujours aux yeux, mais elle sait limiter le risque qu'on repère sa galère – les remarques sur le décalage entre son sang supposément d'ici et l'inadaptation de son corps étaient déjà assez nombreuses lors de son dernier voyage. Le sourire du professeur s'est raidi en une expression pensive maintenant. Il demande, Mais ça, tu aimes bien ?, si gravement qu'elle a l'impression d'avoir mal entendu, comme si c'était une autre question qu'il posait. Elle dit que oui, que c'est super bon, et que merci beaucoup de l'amener ici, et qu'elle reviendra toute seule, et qu'elle espère qu'elle arrivera à se faire comprendre.

— Je peux t'apprendre des mots, hein, si tu veux. De quoi venir ici, prendre un zémidjan, enfin une… moto-taxi, ou acheter des morceaux d'ananas, au moins. Ton père ne t'a jamais parlé en éwé ? Parfois ceux qui partent longtemps l'oublient. On se moque d'eux, ce n'est pas méchant, juste des blagues. Mais quelques mots, petit à petit, ça va venir vite. Tu les portes déjà en toi, de toute façon. Tu sais quand je te parlais de rater un voyage, c'était pas pour te faire de reproches. Je trouve ça bien ce que tu fais. J'ai juste du mal à l'imaginer, cette chose-là. Que tu sois venue une première fois sans rencontrer personne, que tu aies frôlé ta famille, qu'on t'ait laissée comme ça.

Adikou dit qu'il y a pas non plus mort d'homme. Les larmes montent à ses yeux, une rage comme celle des dents. Je lui demande si ça veut dire qu'on est arrivées à destination. En vrai je sais bien que c'est que le début. Je demande pour qu'elle se foute de moi, juste pour l'entendre rire de son lourd bruit d'enfant triste.

Bien sûr que non, Adikou peste.

Elle fixe les ombres projetées contre le béton par les hauts lampadaires orange. Elles dansent comme une folle, comme un démon.

2.

Un an et quelques plus tôt, quand le pasteur a proclamé, You can never go too far where you can't come back home again, elle avait voulu lui donner tort, et puis elle s'était rappelé que ce n'était qu'un morceau de musique dans ses écouteurs, un bout de gospel dans du rap US. Le vent était tiède pour un début d'hiver à New York. Ça donnait un air idiot et attachant aux décorations de Noël empilées dans les vitrines. De ce côté-là de la ville il n'y avait pas vraiment de gratte-ciel, juste des gros bouts de béton encerclés par des autoroutes larges comme des bandes de désert. C'était ni le bord de mer ni les terres, une ville boueuse, bâtarde, aux avant-goûts de brisure et aux relents d'extermination. Pour un peu elle aurait pu être reconnaissante à ce Whiteboy-ci de précipiter un nouveau départ. Mais non : en repensant à la veille, Adikou a senti monter une solide envie de vomir. Elle a jeté le gobelet de café à moitié plein dans une grande poubelle en métal et noté sur son téléphone les horaires des bus vers le sud. Ils étaient couverts d'un grand dessin de lévrier, l'air méchant.

De toute façon, ça lui avait déjà pris avant, cette envie de s'enfoncer dans le continent, de ne plus fixer tous les jours l'océan vaincu par le béton. Il était d'un bleu profond, ça lui rappelait une tenue de sa grand-mère. Elle qui venait hanter de temps en temps la nuit, s'excuser pour son fils, cette pièce vacillante. Elle portait toujours ce tissu bleu profond, le portait en tout cas invariablement sur l'unique photo qu'Adikou avait vue, la tenue était bleue et sa grand-mère était assise, droite et fière, sur une chaise à Lomé. C'est ce qu'Adikou spéculait. L'intérieur du studio de photographie aurait pu être n'importe où. Avec le peu qu'elle avait vu de Lomé pendant ses quelques semaines humanitaires au Togo l'été précédent, elle aurait à peine pu reconnaître une artère principale, certainement pas l'ambiance d'un studio photo dans les années 80.

Adikou a traversé le passage piéton suivant, frissonné entre les hauts bâtiments gris. Ça faisait un moment qu'elle se disait qu'il valait mieux fuir avant les fantômes. À son arrivée six mois plus tôt, elle avait essayé de s'expliquer avec le formulaire d'inscription de l'université d'échange qui la priait de bien vouloir dire si elle était finalement caucasienne, ou africaine, ou afro-américaine. Elle s'était demandé s'il fallait appliquer la loi de la goutte :

sur les plantations états-uniennes et dans le monde auquel elles avaient donné naissance après l'abolition formelle, il suffisait d'une goutte de sang noir pour teinter une personne. Elle avait une envie pressante d'aller fumer, elle avait coché Autre.

En tout cas on l'avait invitée à l'espace des étudiant·e·s noir·e·s. Elle a dit : Ah c'est gentil, mais...

Elle a dit qu'elle ne l'était pas vraiment, noire, plutôt fifty-fifty, impur produit de la somme de moitiés. Qu'elle ne croyait pas trop à ces choses-là, qu'elle ne voyait pas l'intérêt de l'espace sécurisé si elle devait s'y sentir comme une intruse, la blancheur en elle comme la prothèse métallique qui alarme le portique. La fille l'avait regardée tristement, plus jeune qu'elle et plus grande aussi, en attrapant son manteau au fond de la salle de classe vidée. Comme tu veux, elle avait dit. Adikou était sortie derrière elle, doucement, pour ne pas la rattraper. Ce n'était pas très audible, son histoire de grand-mère. Elle rencontrait des garçons dont la géographie était rouée de coups, et des filles aux nuques marquées du soleil du Sud qui se reflète sur les champs de coton, qui se tatouaient X juste sous le cœur pour encore sentir l'absence et pour toujours sentir la perte. Elle trouvait ça impoli, de leur affirmer le drame d'une origine connue. Elle gardait pour elle la grand-mère lointaine, les racines pleines d'épines, le père envolé, la méfiance vis-à-vis de la terremère et du mot même. Elle avait honte de leur voir tant d'espoir – butait quand ils parlaient d'un voyage en Afrique de l'Ouest comme d'un retour, les imaginait se faire plumer dans des attractions touristiques par leurs black sisters et brothers du continent. Et quand elle inclinait la tête d'un air suffisant, qu'elle laissait paraître de la moquerie à ses lèvres, quand elle se félicitait d'avoir, à défaut d'une appartenance à peu près confortable, la présence d'esprit de ne pas se faire d'idées, elle levait les yeux vers eux, vers elles, et soudain voyait son propre visage. Minable à quémander son bout d'Afrique, au milieu du groupe humanitaire français, frénétique, à se chercher partout dans les rues de Lomé, à faire genre d'être à l'aise, à s'imaginer s'y installer. Il aurait fallu lui dire, à ce moment-là, qu'on pouvait être plusieurs en soi. Qu'il fallait prendre garde.

— Et c'est comment, en Europe, d'être une femme noire ?

Elle a fini par entrer dans la salle des étudiant·e·s noir·e·s au fond d'un long couloir à la moquette tachée, passé une dizaine de portes fraîchement repeintes avant d'arriver dans la grande pièce encombrée par de lourds canapés en cuir, s'est frayé un chemin entre les tables basses couvertes de gobelets en plastique. La fille jeune et grande la fixait à présent, d'un regard chaud, comme soulagée. Adikou avait entamé un discours abstrait.

— Non mais pour toi, en tant que black woman, c'est comment ? Adikou a pensé black comme on dit en français pour ne pas dire noire, et ensuite à une teinte d'immigré. Elle a pensé à des nuances de pauvreté et à des zones périurbaines, elle n'a pas pensé à elle. Elle y a pensé six fois, tourné sept fois « femme noire » contre sa langue comme pour en deviner les contours. Et puis à la huitième, elle a ouvert la bouche. Les mots ont coulé comme s'ils s'étaient formés sans elle dans sa gorge complice. Elle a parlé des patrons et de leurs blagues, d'un client venu enfoncer une pièce de deux euros dans la fente du cochon à pourboire, pour dire combien il appréciait son exotisme, qu'il aimait beaucoup les îles. Elle a raconté comment un jour, elle avait perdu le sens de l'humour.

— J'ai répondu non, juste, même pas ma vanne de routine – ma seule île, c'est l'île de France – qui l'aurait fait rire, un rire décontenancé. J'avais perdu le goût : je m'étais rendu compte que j'avais jamais aimé ça, comme le gâteau basque, le violet foncé, le sexe. J'étais très fatiguée et je n'aimais plus les blagues. J'ai répondu non, je ne suis pas caca comme on disait à l'école, pas couleur café comme on dit en grande école, où la coutume veut alors qu'on diffuse en dansant la chanson de Serge Gainsbourg.

La fille disait un my god bien dosé à intervalles réguliers, elle était sincère et lasse aussi, elle secouait la tête, elle en avait vu d'autres.

— Mais même le gros non buté, Adikou continue, c'est un maigre butin, le gars repart chez lui avec toutes les autres victoires, c'est moi qui garde l'amertume. L'été est long, les services nombreux : Et qu'est-ce que ça vaut dire, monsieur, Française d'un peu plus loin quand même ? Je vais vous faire bouffer votre petit sourire monsieur, ça veut dire quoi Française d'Afrique, je vous assure, monsieur, Française de Paris, vous voulez voir mon passeport ? Mais c'est un jeu de merde, et la moisissure s'est comme installée dans mon corps, tu vois ?

La fille acquiesce. La blague est violente comme un contrôle d'identité, de ceux qu'Adikou ne subit pas, trop claire quand même ou trop bourge ou toujours en bande avec trop de ces Français à qui on ne demande jamais rien.

— C'est bizarre aussi, non, de brandir ma francité comme une fierté, un bouclier acquis après une victoire en guerre.

En guerre contre toi-même, la fille répond et ses grands yeux sont si sombres qu'on marmonnerait bien à Adikou de fermer sa gueule, qu'on la prierait bien d'aller décaper son noir ailleurs ou d'avaler un peu de Javel pour laver la tristesse.

Quand le flot a ralenti et que la fille est partie sans laisser de numéro, Adikou est allée s'assoir par terre dans la bibliothèque ocre de l'université. Les bruits de fond augmentaient, puis s'estompaient, allaient mourir dans la moquette verdâtre. Elle a emprunté des livres. Une structure en métal financée par l'endettement étudiant retenait les douze niveaux d'étagères. Il lui faudrait se renseigner sur le nombre exact de corps qui s'étaient écrasés contre les motifs géométriques au sol du rez-de-chaussée avant que l'investissement en un garde-fou stylisé semble rentable. La structure était belle.

Après ça, Adikou n'a pas osé retourner dans la salle au fond du couloir. Le midi, elle mangeait dans une barquette en polystyrène un plat réchauffé, toujours le même. De toute manière, la fin du rêve ne change pas, la grand-mère dit : Tu aurais dû venir me voir. Et Adikou sait que tout a toujours été de sa faute, elle dit pardon pour ton fils, si je n'existais pas, tu n'aurais pas perdu ton fils, il aurait suffi que – c'est bon, c'est bon, la grand-mère dit, ou bien elle dit qu'elle aurait bien voulu, avant de mourir, voir battre sur place les ailes d'un colibri, ou alors qu'elle est fort fort déçue. Ses mains noires et ridées tentent, tentent de lui caresser la tête.

En marchant elle essayait de se remémorer six mois en accéléré. Avant chaque départ, quand elle fait ça, on dirait qu'elle s'entraîne à mourir : pour ne pas s'encombrer, elle dépose les souvenirs les uns à côté des autres, les contemple rapidement alors que le temps s'étend. Après ces histoires de safe space et de guerre elle a cru pouvoir se réfugier dans la bibliothèque antisuicide. L'automne refroidissait, ça semblait propice au repli. Sauf que soudain des élections présidentielles ont envoyé valdinguer la drôle de ville et Adikou, pour faire connaissance avec la fille du palier d'en face, s'est retrouvée le lendemain à marcher bruyamment le long des tours pour rejeter le nouveau président, un mec très riche (mais les présidents sont souvent riches) et très laid (mais là encore) qui assumait fort bien son racisme, alors qu'il prenait la suite d'un président qui, s'il n'était pas revenu sur le pétrole et l'armée, avait au moins eu la décence d'être noir et beau gosse. N'empêche que le nouveau président était particulièrement inquiétant, il fallait bien le dire. Et que ça faisait un bien fou à Adikou de retrouver dans ce pays aseptisé les petites larmes de rage, les poings levés des travailleuses, les klaxons des livreurs, les slogans de celles qui hurlaient en chœur et gardaient tant de choses à dire en solistes ; pendant qu'en manif d'autres leur expliquaient que c'était maintenant, now more than ever, qu'il fallait agir. Alors des voix disaient : trois cents ans de combats ont endurci nos os mais nous pleurons toujours les mêmes larmes sur les mêmes corps. Elle avait perdu de vue la fille du palier. Et les voix, lasses, répétaient : trois cents ans que nous nous éduquons nous-mêmes, envers et contre vous. Quoi ? Vous voulez qu'on vous écrive un manuel de lutte ? qu'on organise vos manifestations ? qu'on marche en tête de vos cortèges pour en finir effacées ? Et les voix lasses de gueuler, d'enduire le goudron, de gueuler, vous nous demandez de faire avec vous le deuil d'un rêve qui nous a toujours rejetées, qui construit ses barricades avec nos mâchoires et nos fémurs séchés – mais bougez-vous le cul marchez marchez celles et ceux d'entre nous qui en ont la force marcheront avec vous. Et qu'on ne vous entende jamais exhorter l'une des nôtres à se lever comme si être assise là où elle l'est n'était pas déjà une bataille.

Au même moment elle avait rencontré le Whiteboy. Elle le trouvait sexy, c'est-à-dire insensible à l'inadéquation de son corps. Il voyait en lui-même l'aune et l'unité de mesure, le standard et la norme, et ça épaississait ses bras, tendait sa nuque, faisait se balader sa main pâle. À aucun moment il n'avait pris des airs de conquête. Il était juste parti du principe qu'elle serait flattée de son intérêt, lui avait montré le musée pour lequel il avait un abonnement annuel. Sur les grandes marches en pierre il avait fait comme un creux de son épaule alors elle y avait mis la tête. Pendant des semaines il a passé sa main sur les joues d'Adikou pour en lisser les fissures. Il a donné réponse à tout et posé peu de questions. Quand novembre est venu il a demandé si elle avait déjà fêté Thanksgiving, et quand elle a dit non il a dit, Alors viens avec moi chez ma mère. C'est déprimant au possible mais au moins, ça sera authentique, comme expérience.

Elle a renversé les granules de café dans une des tasses tachées du placard de sa cuisine. Il a rattrapé son regard, ses yeux étaient une montagne d'acier chromé, alors elle a dit Ok. Il lui faisait penser à chez elle. J'avais beau lui dire que c'était que de la mémoire musculaire, elle se souvenait, je crois, avoir appelé un corps blanc chez-soi, et depuis qu'elle avait senti que la terre battue du père n'était vraiment pas chez elle, elle avait redoublé d'appartenance envers la ferme familiarité d'un corps pâle.

La maison de la mère était molletonnée et propre, la moquette pastel rance, la mère en retrait. Elle crispait un peu la mâchoire quand elle finissait de sourire. Elle se tenait dans la cuisine, son assiette en carton étoilée serrée étroitement entre ses doigts ridés, pas tant comme un aigle que comme une enfant serrerait la rambarde d'un petit bateau. Les heures avaient passé sous les palabres du Whiteboy. La mère n'avait pas touché aux plateaux qu'elle avait préparés, cartons métallisés couverts de fromages et de dip, de raisins blancs et rouges, de crackers verts et bordeaux, de houmous et salade de thon – sur le rebord étaient juchées quelques tranches épaisses de jambon blanc. À table, elle avait présidé avec effacement, la chienne à ses pieds. Quand elle riait aux blagues de son fils on entendait les années qui se cornent et Adikou, lourde d'une mousse à la liqueur de café Baileys, s'attendrissait. Elle s'était laissée couler tranquillement alors que l'après-midi traînait, et dans sa paresse, elle n'avait rien vu venir.

Adikou aimait marcher dans ces rues qu'elle quittait. Elle foulait le béton neuf que des ouvriers dépêchés par la ville coulent par-dessus tout, sur lequel s'effacent les contours de corps tracés à la craie. Dans son sac ça secouait des livres et en prêtant l'oreille on distinguait des mots, toi et moi… un viol transatlantique… et pas un Noir vivant… brièvement ou pour de longues périodes… une haine simple, nue… Et toi, tu as dans ton cœur un pays où vit l'histoire et d'où vient le poème, no one can occupy it.

Arrivée à l'angle de la rue impaire et de la rue large, Adikou cherche du regard l'homme qui, en échange d'un peu ou de beaucoup de monnaie, raconte l'histoire étasunienne ou le passé du quartier, assis sur le trottoir sur un seau renversé au milieu de ses affaires. Elle traverse, le salue, et Marc lui répond de sa voix aigüe que ça va bien, qu'il a un endroit où dormir pour quelque temps alors qu'elle ne s'inquiète pas si elle le voit moins souvent dans cette rue-ci, que le temps est doux pour la saison, pas vrai, les gens se baladent en chemise par ici, mais il va bientôt refaire froid, parce que oui c'est comme ça, après le chaud le froid, c'est comme ça. Ses petites respirations saccadées sont posées au milieu des phrases.

C'est une super nouvelle ton nouveau logement, elle dit, et puis, Moi non plus, je vais plus trop passer par ici, je m'en vais.

Marc dit Oh mais Adikou j'ai à peine eu le temps de te rencontrer ça fait quoi quelques mois, seulement pas vrai, oh mais tu vas certainement revenir, pour le début du semestre prochain, tu dois continuer à étudier, pas vrai, oh but come on girl tiens-toi à côté de moi un temps, will you. Alors elle reste debout jusqu'à ce que ses jambes soient lourdes, Et tu vas voir ta famille, là où tu pars ? Adikou répond que non.

— Ma mère est en France, elle dit.

— Et ton père ?

— Loin.

— Ok. Hmm. Alors tu peux te dire : j'ai un endroit ici…

Pendant un instant, on confondrait le pull avec sa peau brune, on dirait qu'en frottant les mailles, il touche vraiment son torse.

— … qui a un penchant pour la douleur, y a pas de doute, je vois bien qu'il t'aspire et toi tu te crois peut-être à bout de forces. Mais c'est quoi un trou noir, au-delà de la métaphore ? De la marinade d'étoiles, du pas grand-chose, pas vrai ? Et ton père, eh bien, may he find refuge.

Adikou dit merci, Good-bye Marc, et il la prend dans ses bras, le pull troué gratte sa joue. Le bonhomme passe au vert. Quelque chose fait un bruit pas possible, un bourdonnement aigu qui noie tous les autres sons de la rue. Elle essaie de tourner la tête, ne voit rien, et le bourdonnement devient son pouls qui vrille et qui tourne en tempête, en toupie et machette et éclabousse tout. Elle fixe le feu – il est toujours ou à nouveau vert – et marche droit devant, un pas après l'autre, vers la petite chambre sans fenêtres dans laquelle elle a dormi ces derniers six mois, vers son sac fait pour le départ.

On aimerait trop mentir sur ces rues. On n'entend plus parler ici de l'Honorable Elijah Muhammad depuis qu'a ouvert un gigantesque supermarché bio pour les étudiants de l'université. Ça ne ressemble pas aux films, pas de boys dans la hood comme dans d'autres quartiers de la ville. Là où j'ai surpris Adikou en pleine ethnographie ; où je l'ai cramée, projetant sur les quelques corps croisés dans les rues peu éclairées ce qu'elle a lu sur les pauvres d'ici, qui sont en majorité, et les minorités, qui sont tout de même souvent pauvres. Elle s'était retrouvée, sa main dans celle du Whiteboy, à un croisement baigné par l'unique lumière d'une épicerie silencieuse, où la main pâle plongeant dans l'étagère de whisky faisait tache. Elle parcourait les paquets de pâtes, les conserves, les concentrés. Elle l'attendait sur le tapis roulant à la caisse, rattachée à un corps très droit, imperturbable. À force de voir en son propre corps la norme, l'évidence, ce qui passe partout, il était incapable d'imaginer une autre manière de se mouvoir que celle-ci. Il détenait tout, du moins en puissance. Et ce qu'il ne détenait pas encore, on le lui devait. Pas de raison, alors, de parler plus bas ou d'être attentif aux autres. Adikou et le Whiteboy s'étaient disputés : il ne comprenait pas qu'on puisse lui demander un effort pour passer inaperçu.

— Tu vas pas commencer toi aussi à tout ramener à la race quand même ?

Elle avait souri. Il ne devait pas comprendre que si, comme il le disait, elle voyait le mal partout, alors elle le voyait aussi et surtout dans sa main à lui, languissante sur la table du restaurant chinois dans lequel il l'avait invitée. Allez, il avait dit, on va pas se prendre la tête pour des bêtises, on va oublier tout ça et je vais t'emmener manger chez Nom Wah, qu'est-ce que t'en penses, c'est mieux que de chercher à résoudre tous les problèmes du monde et de se faire la gueule, non ?

Bien sûr qu'elle pensait à lui, en quittant les rues de New York, au garçon qui l'avait tenue pour compagne. Dans le train, au retour de Thanksgiving, la main pâle s'était posée sur sa cuisse et Adikou avait glissé sur le rebord du siège, écarté un peu les jambes, par réflexe.

— Tu sais que j'avais jamais été avec une Noire, avant toi ? C'était jamais trop mon truc.

Il s'était couvert la bouche en exagérant l'air gêné d'un personnage de BD et Adikou avait réalisé qu'il était ivre. À ce moment, tout était un jeu, alors elle avait ri. Ou bien elle avait ri dans l'espoir qu'en ne prenant pas offense, elle se distinguerait des autres Noires dont on pouvait disposer, par tradition historique. Dans les marches de l'escalier, elle l'avait poussé en chahutant. Une fois la porte fermée, elle l'avait repoussé pour de vrai. Mais elle avait rencontré sa mère maintenant, alors il avait envahi son vagin, son secret mal gardé. Quand il a eu fini, elle a craché un poème haineux et un peu de sang par la chatte dans la douche. Elle s'est séchée, couchée, elle s'est passé la langue sur les dents à la recherche de l'endroit où la douceur du poison était la plus goûteuse, et quand elle a commencé à déloger des bouts de chair avec sa langue j'ai dit Viens Adikou, arrête ça, on s'en va.

Elle a descendu une à une les marches de l'immeuble après avoir claqué la porte. La rue était déserte à cette heure de la nuit. Dans ses oreilles, ça bourdonnait comme pas possible.

C'est comme ça qu'on s'en est allé se salir les doigts dans les grandes villes du Sud, se laisser distraire par les chansons de Noël qui tournent en boucle dans les *diners*. Il paraît que les gens ont le racisme honnête, par là. Ça lui permettrait, Adikou avait décrété, de savoir si elle souffrait assez pour mériter le safe space. Comme si la souffrance se pliait au critère d'une couleur inventée, disait le revers de la médaille, la partie qui frôle le cœur. Quand finalement elle est montée, le bus pour Atlanta était plein à craquer.

3.

Au niveau de la mine de phosphate, juste avant que la route qui plonge du Nord vers le golfe de Guinée rejoigne la route qui longe la côte vers Lomé, un taxi ralentit péniblement puis s'arrête. Dedans, la sueur coule de l'aisselle d'Adikou sur le bras d'un homme à sa gauche. Il ne croise pas son regard d'excuse ; comme les autres passagers il est penché vers le conducteur pour savoir ce qu'il se passe. À droite, le professeur rit en traduisant : À force de slaloms entre les trous, la voiture a crevé et les gens sont impatients !

Il ouvre la portière et sort. Adikou émerge derrière lui devant la carrière, un trou béant dont les couches manquantes sont déjà en route pour la France. Les machines tournent, opérées par des hommes invisibles à cette distance, sous le soleil de la fin de matinée. Elle s'assied au bord de la route, un peu éloignée de l'agitation autour de la voiture dont on change le pneu.

— Eh, Adikui. Tu es contrariée ?

Le professeur sourit doucement.

— Ça va être vite réglé tu sais.

Elle force un sourire détendu, genre pas de problème, j'arrive de France, mais je suis cool. C'est vrai qu'elle est pas pressée. Elle n'est juste pas cool pour autant. Elle dit que si ça ne tenait qu'à elle, c'est là qu'on s'installerait. Entre la fin de l'excursion à Aklako et le moment où il faudrait se sentir arrivée, de retour à Lomé. Rêveuse elle dit : Alors, au pied des carrières, on adorerait des choses qui s'effondrent. Le professeur n'entend pas.

Quatre jours elle a tenu à Lomé, après l'atterrissage : tourné en rond sur un zémidjan à la recherche d'une carte SIM, loupé les vendeuses d'ananas, suffoqué des heures dans la petite chambre aux carreaux roses sans croiser la colocataire, relu les mêmes phrases quatre fois dans le récit – un pavé – d'un mec qui lie des amitiés en cure de désintoxication, fumé des Fine en fixant les lettres qui en éwé disent qu'on en meurt, pleuré lorsque le gars se rendait compte que même s'il avait déçu plein de monde, des gens étaient encore prêts à l'aimer, avalé des pastilles de charbon contre la diarrhée, ignoré les rires des enfants, mangé à midi la moitié, le soir le reste de sandwichs à l'avocat de la vendeuse au bout de la rue, observé de minuscules mouvements se dégager de l'inertie de la cour, grignoté le chocolat d'un vieux lapin de Pâques doré qui avait fait le voyage avec elle, acheté assez de savon en poudre pour deux mois de lessive. Elle a pensé qu'au pire, elle laisserait le reste du paquet à la colocataire. Si elle s'en allait plus tôt. Deux mois, elle disait ça aux gens avant de partir, Ouais quelques mois, enfin peut-être deux, a couple of months, elle disait à des inconnus dans des bars, Pour savoir où sont mes roots, you know, pour comprendre d'où je viens. On acquiesçait de la voir amorcer si noble trajet, lui posait des questions linguistiques, géographiques et culturelles auxquelles elle répondait avec expertise.

Elle longeait la balustrade qui relie les chambres à la grande terrasse en béton brut, en grondant si fort qu'elle en tremblait, la balustrade, et elle cendrait par-dessus dans la cour de sable rouge. J'essayais de pas me mêler, je voulais pas lui mettre la pression. Après tout, elle m'avait juste arrachée à un solide emploi saisonnier dans lequel j'avais mes habitudes et des coéquipiers préférés pour que je l'accompagne dans une ville dans laquelle on avait visiblement rien à faire. Tranquille. Au fond, même si à terme j'espérais qu'elle reprenne ses airs de cheffe, j'étais pas fâchée de souffler un coup.

Le quatrième jour elle a vu le soleil se lever, dans son infinie lenteur il étirait le temps, la vie devant elle s'étendait tellement, dans l'immobilité de la cour de sable rouge dont la séparait la balustrade, que prise de vertige elle a dit qu'on se cassait. Au téléphone elle a assuré au professeur que tout se passait à merveille, oh oui qu'elle se sentait bien, elle se sentait comme à la maison. Sa voix était bizarre de n'avoir pas enchaîné plus de trois phrases en quatre jours, mais le professeur ne connaissait pas vraiment sa voix normale non plus. Elle a dit : Je vais me mettre en route pour Aklako. Oui, je repars avant même d'avoir passé du temps dans le centre-ville, non, j'ai rencontré personne encore, mais Aklako c'est l'affaire d'une nuit, ou deux, maximum, et comme ça j'en aurai le cœur net.

N'en rajoute pas non plus, j'ai dit en la singeant : C'est avec grand regret que je quitte la vie idéale qu'il m'a été donné de vivre dans le joli quartier excentré de Baguida, sous les pales tranquilles d'un ventilateur vintage. Le devoir de mémoire d'enfant d'exilé m'appelle, je dois rejoindre Aklako, la ville indiquée comme lieu de naissance sur le passeport du père.

C'était un peu bureaucratique comme destination, mais bon. Le professeur, lui, a dit qu'il en serait. Ça servait à rien de protester, c'était bien normal, il se sentait en forme. Il viendrait le lendemain, Tôt hein, il faut que tu te réveilles, on va partir vraiment tôt, Adikui.

Elle a promis.

Le fond de l'air était froid et le vent fort. À six heures et demie du matin, les bruits du travail résonnaient partout autour de la maison. Elle est descendue attraper de l'eau fraîche dans le frigo, s'est arrêtée quelques instants pour regarder les fourmis, puis a allumé la bouilloire pour faire un café au professeur. Le ciel, bas et cotonneux, lui rappelait Paris.

Alors, prête pour Aklako ?, le professeur a demandé à travers la cour, en fermant le portail derrière lui. Il est arrivé sous le porche, lent et énergique, l'a prise dans ses bras comme s'il la connaissait très bien. Il a refusé le café – il n'en buvait jamais, c'était mauvais pour son cœur – et s'est laissé tomber sur une chaise ombragée.

— Qu'est-ce que tu en attends, alors ? Ou plutôt… (Il a pris un air comploteur franchement amusant. Adikou n'a pas ri.)… qu'aimerais-tu qu'il nous y arrive ? Tu penses que tu peux encore avoir de la famille là-bas ? Ou c'est juste pour voir l'endroit ?

L'eau a tiédi. Adikou a attrapé une dosette de café soluble en réfléchissant à la question. Elle voulait planter le décor des histoires d'enfance que le père racontait lors de ses visites annuelles, remplacer le fond qu'elle avait appliqué par défaut, les images tirées des campagnes de pub pour associations humanitaires avec des enfants maigres et des mères en larmes. On verrait pour le reste.

— Donc on cherche plutôt des informations que des personnes, n'est-ce pas ? Je pense qu'on pourra savoir si ton nom a vraiment été dans la ville, et s'il y est encore. Il y a toujours un ancien qui sait ces choses-là. Pour le reste, on verra. Et ne t'inquiète pas : je saurai faire attention à ce qu'on dit. Ne pas prononcer ton nom directement, le murmurer en passant parmi d'autres. On dira qu'on est universitaires, qu'on cherche à mieux connaître la région.

Au bord de l'asphalte devant la maison, le professeur a levé la main en répétant Aklako, Aklako aux voitures bien remplies qui ralentissaient en klaxonnant, réaccéléraient quand elles entendaient la destination. Au bout d'un moment Adikou s'était mise à imiter le professeur, ça les faisait rire de se voir faire, l'une et l'autre. Ils avaient trop traîné au café et il faisait déjà chaud, le goudron luisait alors qu'il n'était pas encore neuf heures, et quand enfin une voiture les a pris Adikou a senti ses bras venir se coller contre les pagnes et les jeans des autres. Elle a laissé ses yeux glisser le long du paysage sans rien fixer, le long des complexes scolaires, des salons de coiffure, des vendeuses chargées, des bars endormis. La voiture a bifurqué à Aného, la ville qui fait frontière avec le Bénin, ses bâtiments de style colonial-cheap, ses boîtes aux lettres jaunes de La Poste métropolitaine, et le long de la route les panneaux de ville blancs et rouges. Bientôt l'un d'entre eux indiquerait Aklako.

L'animation du marché était palpable mais douce. Des femmes étaient assises à l'ombre de parasols ou sous la grande structure centrale en béton, à leurs pieds de petites pyramides de tomates ou de piments, de longues rangées de manioc et de patate douce. Elle a suivi le professeur le long de la route principale à la recherche d'une buvette, porté jusqu'à la table les deux thés très sucrés et le sandwich de pain moelleux. Le professeur a demandé au garçon qui les servait s'il était d'Aklako, s'il connaissait les familles. Le garçon a fait un geste vers Adikou. Il a dit : On peut parler français, et puis il a dit qu'il n'était pas d'ici, à l'origine. Adikou a souri poliment. Il a proposé d'aller chercher un homme qui tenait un petit commerce pas loin de là, lui connaissait les familles et les histoires. Il est parti le prévenir, revenu. Le thé avait refroidi et Adikou l'a porté à ses lèvres. Elle a regardé le garçon servir d'autres clientes, écouté les bruits de leurs conversations. Des semelles de claquettes traînées bruyamment depuis le bas-côté de la route. Un bras tendu depuis la fenêtre d'une voiture rouge a serré celui, épais, d'une femme chargée. Elle a ri, s'est penchée un peu plus. À l'abri du soleil des passants et passantes s'arrêtaient pour respirer, pour discuter, pour s'essuyer le front. Enfin, un homme est arrivé par-derrière et a demandé, avant de les saluer,

— Vous êtes enquêteurs ? journalistes ?

Le professeur lui a certainement raconté l'histoire convenue et le commerçant a semblé se détendre. Derrière ses lèvres rondes il a découvert des dents qui se chevauchaient gaiement. Il devait avoir une cinquantaine d'années, peut-être dix ans de plus. Il a commencé à raconter la création d'Aklako par l'un de trois frères guerriers descendus là lors d'un combat. Il regardait tour à tour le professeur puis Adikou, puis le professeur à nouveau, comme si les deux le comprenaient :

— Donc. Il faut savoir qu'après le grand combat, un des guerriers fait halte ici. Il arrive dans la nuit, et le matin dit qu'il est bien content de s'être réveillé aujourd'hui. Il raconte qu'il a failli perdre la vie dans la bataille, et malgré tout, il dit, je me suis réveillé aujourd'hui. Il s'est installé ici, « là où il s'est réveillé », et comme ça sonnait bien, on a pris l'habitude d'appeler cet endroit comme ça. Et ensuite les Blancs ont entendu cela à leur manière, l'ont écrit sur leurs cartes : Aklako. Ce sont toujours eux qui nous trichent, nous saccagent... Ils ne veulent pas laisser l'Afrique en paix.

Cette dernière phrase, il l'a dite en français. Il a planté sa paire d'yeux brillante dans ceux d'Adikou. Elle s'est forcée à tenir.

— Toi, tu es métisse. Tu es africaine.

Elle a demandé : Mais avant ça, le grand combat, là, c'était contre qui ?

— C'était la guerre contre les Blancs, au temps de l'esclavage. Ils venaient dans nos villages, prenaient nos mères, nos pères et nos frères. En échange de ça.

L'homme a plongé sa main dans une petite sacoche en cuir qu'elle n'avait pas vue jusque-là, une sacoche en cuir qu'il portait en bandoulière. En échange de ça, il a redit en sortant de petits coquillages blancs. Elle a hoché la tête avec une gravité sincère. Lui a approché sa main du visage d'Adikou, s'est arrêté sous ses yeux à l'endroit où ça devenait flou. Des koris, il a ajouté.

Les perles blanches avaient disparu dans sa poche ou dans sa sacoche. Elle n'a pas vu le geste.

— Et tu saurais nous dire, disons, quelles sont les grandes familles ici, à Aklako ?

Le professeur est concentré. L'homme s'est mis à énumérer des noms sans hésitation, ses cils recourbés semblaient battre au vent.

— Moi, j'avais un ami qui était de cette région, le professeur donne l'air de rien le nom d'Adikou, Ekola, ça ne te dit rien ?

— Anh si, si. Eux se sont sédentarisés ici, enfin dans un village au bord de la ville. Dougbé. Et avant ça… le Ghana. Ils sont venus du Ghana.

Il a montré son bras sec, tracé un trait au niveau de l'intérieur de son coude :

— Ils ont les trois cicatrices, là. Trois cercles.

Il devait retourner louer des parasols aux vendeuses du marché. En partant il a prodigué quelques recommandations astrologiques. Adikou les a mémorisées avec diligence et en passant, comme la plage se souvient des vagues. Des choses comme Pour les Taureaux, il faut manger une pomme tous les matins contre l'acidité, et, Personne ne veut du mal aux

Poissons, mais il ne faut pas trop les écouter. Elle l'a regardé s'en aller, son large pantalon bleu-gris pendait de sa hanche comme d'un cintre, les rayures de sa chemise déclinaient différents bleus. Il a disparu au bout de quelques secondes dans un angle mort sur cette route droite, derrière une haute tour de pneus.

Le professeur s'est levé et elle l'a suivi avec un délai. Sa tête tournait. Elle a dit : Le nom que je porte, auquel toute ma vie j'ai répondu présente, mon nom est ancré ici. Je peux arriver dans la ville du père et le dire à demi-mot et un homme inconnu y trouve quelque chose.

En l'espace de quelques secondes elle s'est trouvée bête. L'homme avait pu dire n'importe quoi, lui vendre n'importe quel ancêtre, et le professeur omettre de traduire les hésitations ou les aveux d'impuissance. La vitesse à laquelle elle se prenait pour proie était impressionnante.

C'est le professeur qui a dit, pour l'interrompre, que c'était juste à côté, Dougbé. Il était déjà tourné vers la route, la main prête à se lever pour attirer l'attention des motos-taxis, quand il a demandé : Tu veux y aller ? Elle a eu un mouvement de soulagement de se sentir partir : rapide propulsion en arrière quand le zémidjan démarre ; rétablissement du centre de gravité ensuite.

Peut-être que l'homme les a regardés grimper sur les deux motos au bord de la large route goudronnée, peut-être jusqu'à ce qu'elles s'enfoncent, à droite, dans des routes de terre. Adikou a dit doucement, Je suis déjà venue. C'était comme mystique, et puis au bout de quelques virages elle a aperçu le panneau qui indiquait Togoville, une destination touristique populaire, où traverser le lac en pirogue et obtenir une audience avec un prince. Elle était passée par là lors de son premier voyage, elle était venue si loin. Elle était passée si près. Une main pâle – une autre, encore – tenait alors délicatement sa nuque en place.

À gauche ils ont dépassé un petit cimetière aux tombes carrelées de bleu azur et beige. Des hommes étaient en train de creuser un nouveau trou, calmement. Plus loin, le Christ était pendu à sa croix, pâle et fragile comme de la porcelaine vieillie. Les tombes en dessous de lui avaient bruni. Ça continuait de défiler. Un homme assis en tailleur au pied d'un grand arbre. Plus de terre orangée. À droite le lac était apparu, mais pas d'un coup. Le jeune homme qui conduisait la moto s'était tourné pour parler dans le vent qui s'enfuyait vers l'arrière. Elle entendait : Cette région c'est celle de l'ancienne capitale du Togo. C'est aussi ici que l'on vient chercher la pierre sacrée. Tu connais la pierre sacrée ?

Elle ne connaissait pas, mais ses yeux étaient à nouveau rivés sur la route, entre les trous et les bosses. Sur la place centrale de Dougbé, une buvette diffusait de la musique à bas volume, aisément couverte par le chahut de deux garçons qui versaient du crépi dans des moules pour faire des claustras. Il y en avait plein la place. Ils séchaient au soleil, enjambés par les enfants. Le patron de la buvette leur a souhaité bonne arrivée.

Au loin, de petites et grandes chèvres criaient et toussotaient. Une chienne au poil beige suivait un enfant. Quelque part une radio commentait une belle action. Le patron a attrapé d'une main une chaise en plastique blanche et s'est assis à côté d'Adikou et du professeur, avec une distance. Il a commencé à parler. De temps en temps il s'interrompait, se levait pour servir quelqu'un ou dire à son fils d'aller chercher la monnaie, puis rasseyait rapidement son corps compact. Il disait que le village avait été créé par trois Vieux, ou par accident par une enfant joueuse. Qu'ici on vivait de la culture des haricots, du maïs et du manioc, ou bien il disait que la richesse venait de petits élevages, ou alors de la pêche, surtout de la pêche. Il disait les différentes familles, ou bien il parlait de la chefferie, ou bien il déclamait un poème. Dans les sonorités, Adikou essayait de reconnaître des motifs. Il a dit que sa famille à lui arrêtait le vent. Il a dit que sa famille et celle d'Adikou – il a dit, celle que vous cherchez – appartenaient au même groupe de familles venues du Ghana, de Keisa. Adikou a demandé, C'était à quelle époque, ça ?

— En septembre. Au moment de l'année où on vient prendre la pierre sacrée.

Elle a aspiré à la paille la fin de son soda, ravalé ses autres questions. Le patron a montré sa joue gauche, La famille que vous cherchez a ces marques-là, comme la mienne.

C'était un court trait diagonal qui commençait à quelques centimètres de la narine et s'étendait jusqu'au milieu de la joue. Adikou s'est demandé qui, dans sa famille dite proche, dans celle qui fut proche pour son père, portait cette marque. Elle a dit, Une dernière question. L'homme a souri.

— Est-ce qu'il y en a encore, des gens de ce nom, qui vivent ici ?

Il a dit, Oui, juste un peu plus loin le long de cette route, il y en a, mais je ne pense pas qu'ils soient là actuellement, et la main d'Adikou chancelait quand elle a couvert son verre pour le protéger des grosses fourmis. Une mouche s'est postée sur son rebord. La musique continuait tranquillement derrière le bar, portée par le léger vent. L'après-midi était lourde et son cœur fatigué. L'homme était parti chercher son oncle, un vieux qui accepterait de leur parler sans trop de procédures et politesses. Normalement, il aurait fallu lui acheter une bouteille de gin ou de rhum, accepter un verre d'eau, dire son origine et son lignage. Le professeur trouvait ça vieux jeu et le patron a acquiescé.

Adikou avait la bouche pâteuse de soda. De toute façon, il ne faut pas que tu aies à prononcer ton nom, le professeur lui a glissé quand le patron s'est éloigné, et Adikou a tracé dans le creux de son coude les coupures qu'il faudrait, en enfonçant son ongle aussi profondément qu'elle pouvait.

Le patron de la buvette était revenu le pas grave pour les guider entre l'étroitesse de murs juste assez hauts pour masquer cours et maisons. Des draps blancs étaient étendus sur les portes ; au sol, alignées, de petites statues aux yeux familiers. Il les a fait asseoir dans un corridor extérieur, abrité du soleil par un toit en tôle. Adikou a aimé la sensation du bas banc sur lequel reposaient à peine ses fesses. Elle a dit qu'elle avait déjà été assise comme cela. Sens-toi à l'aise, le patron a dit avant de résumer en français les premières salutations du vieux venu s'asseoir en face. Le professeur a commencé à l'interroger. Son corps s'arc-boutait vers le vieux, qui répondait lentement. C'était un homme doux, aux rides douces même, de larges plis moelleux qui refaisaient son visage, des yeux d'une douceur lente, injectés du sang de l'âge, de grandes pupilles entourées du bleu, peut-être, de la pierre sacrée, des années de pluie fertile, du bleu des paisibles tombes sur la route. Il a entamé une lente phrase. Il avait une voix basse, très basse, presque inaudible, qui peu à peu s'est mise à aller et venir comme les vagues. Ça ponctuait certainement des informations de la plus grande importance. Puis il a eu fini. Le professeur a pris Adikou à part. Il a demandé si elle avait mille francs pour l'ancien ; pour sa fatigue, il a dit.

De retour sur la place centrale, ils se sont assis sur les mêmes chaises en plastique de la buvette entre-temps empilées deux à deux. Ils ont attendu que des motos reviennent pour les amener à l'auberge la plus proche. Quand elles sont arrivées, le facilitateur a dit au revoir, puis serré la main du professeur. Il s'est tourné vers Adikou, alors elle a tendu la sienne et il l'a attrapée, elle s'est agrippée. Elle voulait lui dire des remerciements pas possibles, dire Merci mille fois, c'était si important pour moi de comprendre d'où je viens, d'entendre les histoires de mes ancêtres. Ça ne servait à rien. Il n'aurait pas compris qu'elle parle soudain de sa famille. Se serait peut-être senti trahi. Leurs mains se sont relâchées tard.

Sous le bruit du moteur qui tourne j'ai soufflé : Mais genre t'as compris quelque chose à ce qu'ils racontaient ? Elle a fait le même geste que pour chasser une mouche.

Elle a enjambé le siège de la moto qui voulait démarrer, le village à l'arrière, les yeux rivés vers l'avant, quelque chose dans les paupières. Elle s'agrippait au métal du porte-bagages, soulevait minutieusement les fesses à l'approche d'un trou.

Quand elle avait voulu tendre les mille francs au professeur pour qu'il les donne à l'ancien il l'avait regardée avec étonnement, puis on aurait dit qu'il venait de se souvenir de quelque chose. C'est toi qui dois les lui donner, il a expliqué. Tu es la femme. C'est la femme qui doit les lui donner.

Elle y a repensé dans le grésillement du néon blanc, le soir sur la terrasse de l'auberge. Elle y a repensé parce qu'il était trop tôt pour son sommeil. Elle traînait et s'est demandé d'où ça sortait, ces conneries, Tu es la femme, et pourquoi ça l'emmerdait tant, le professeur était vieux, une fois qu'ils seraient rentrés elle prendrait ses distances. C'était pas prévu, de toute façon, qu'il l'accompagne partout. On était censées être seules comme ce soir-là, à attendre la nuit. C'était un soulagement, quand il est parti se coucher. Je surveillais pour elle les mouvements du gardien. Elle, elle serrait méfiante les jambes et voûtait son dos quand il la frôlait sans un mot au cours de sa ronde absurde, comme s'il ne pouvait pas voir toute la terrasse depuis la petite table qui servait de réception.

Tu vois que t'es bien la meuf, j'ai dit en lui donnant un petit coup de coude. Touché-ey, elle a fait en imitant un accent américain, et elle a allumé une nouvelle cigarette.

Elle a demandé : Tu trouves que ça craint ?

Quoi, j'ai dit, qu'est-ce qui craint ?

Qu'on m'ait présenté que des hommes, emmenée que chez des hommes. Que j'aie parlé qu'à des hommes ?

Oh, tu sais, moi… j'ai voulu dire pour pas lui prendre la tête, mais elle avait l'air de s'en foutre. Elle se demandait quel avait été le nom de famille de sa grand-mère, et ce qu'elle aurait pu lui raconter.

Elle avait ouvert sur ses genoux le carnet. Des mots étaient répartis en deux colonnes – une liste de vocabulaire, studieuse, qu'elle avait demandé au professeur de lui dicter. Elle a prononcé à voix basse : Ouvézon, wézon, bonjour, bonne arrivée. La cigarette dans sa main a lâché une longue barre de cendre. Merci, akpé. Le gardien détournait le regard à chaque fois qu'elle levait les yeux. À demain, éyisso – Eyissau. Elle avait noté o ouvert mais elle ne savait plus ce que ça voulait dire.

Les mots épaississaient la gorge d'Adikou comme la sensation d'avant les larmes. Eyisso. À demain. Elle prenait des choses en bouche dont elle ne connaissait pas le poids. Midyo. Partons. La musique et les voix qui entraient dans la chambre par la fenêtre ouverte ont bercé ses muscles crispés. Adikou a demandé, Tu dors ? Et elle s'est endormie.

Ça faisait des années qu'elle imaginait cette grand-mère. Sa peau douce de papier photo, son visage lointain. Elle parlait doucement, et au fur et à mesure, sans que ni l'une ni l'autre ne puissent diminuer la distance entre elles, sa voix devenait plus claire, la voix qui parvenait à Adikou, jamais tout à fait la même de cauchemar en rêve. Seuls les sons venaient cogner contre son oreille, déçus, puis la grand-mère disparaissait. Si elle avait été là pour raconter ses histoires, Adikou ne l'aurait pas comprise. Ses lèvres pouvaient bouger en rêve comme elles voulaient.

Au matin, elle était assise habillée sur le rebord du lit quand le professeur a frappé. Elle a marché derrière lui en sortant de l'auberge.

— Ta grand-mère a dû s'asseoir ici, sur un bout de quelque chose de dur, le professeur a dit en faisant un dernier geste vers la halle couverte du marché d'Aklako, Elle vendait des fruits, je crois.

Adikou n'était pas sûre d'avoir bien entendu. Le professeur la devançait de quelques pas. Elle a dit : Quoi ? Il ne s'est pas retourné. Alors au cas où, elle s'est excusée auprès du vide de ne pas pouvoir rester plus longtemps, et puis elle est montée dans le taxi collectif qu'elle trouvait trop lent sur la chaussée pourrie, jusqu'à ce que le mouvement s'arrête, jusqu'à maintenant. Elle fixe la carrière de phosphate, puis ses pieds. Le professeur revient lui dire doucement, Le pneu est changé, c'est bon. La voiture redémarre. Adikou dit, C'est bon, en regardant derrière elle le sable rouge faire des nuages.

4.

À l'aube les contours du monde sont flous. Une route quitte l'Amérique en direction de Lomé, serpente vers le sud, se noie avant le large, s'échoue à Atlanta. Cette route-là coule, marée noire, sous un ciel noir aussi. Les nuages se détachent.

C'était il y a à peine moins d'un an et Adikou, la tête contre la vitre, respirait bruyamment. La Virginie et les Caroline avaient défilé en rêve. Elle soufflait à chaque arrêt des cigarettes dans l'air qui se réchauffait et s'éclaircissait pink. À hauteur de Charlotte, North Carolina, elle a eu des relents de Baileys alors j'ai soufflé de l'air chaud sur sa clavicule comme pour dire pas grand-chose.

Une rangée plus loin une femme téléphonait. On voyait seulement son bras gauche et maigre qui pendait de l'accoudoir, s'agitait de temps à autre. Elle l'a levé en parlant :

— Everybody's spirit don't line up with one another. I ain't no-one to judge.

J'ai vu Adikou acquiescer. Sous les reflets roses sa peau était grise. J'ai pensé lui dire que tout ne lui était pas destiné, non plus. Mais c'était une jolie punchline tranquille pour fêter la fin de Whiteboy, alors j'ai rien dit et j'ai détourné le regard de son corps. J'étais gênée de la voir frêle.

La station essence à l'entrée d'Atlanta luisait toujours plus fort que l'aube quand elle est sortie du car. K s'est approché en disant ça, qu'il était K, du site d'hébergement ; et Adikou a dit K, wow, amazing, great to meet you – pourtant elle était déjà épuisée d'exclamations – merci de m'accueillir. Et plus tard, Merci pour le Southern breakfast, merci pour la pâte grise et les biscuits moelleux, nourriture secrète de la résilience, c'est K qui l'a dit, et Adikou avale.

K avait une cinquantaine d'années et une retraite anticipée de sa carrière militaire, parce que son corps tentait de le noyer, se gonflait d'eau qu'il fallait pomper à grand coût. Il vivait seul avec deux grands chiens dans une grande maison héritée de ses parents sans qu'ils soient morts et Adikou serrait les dents comme le cœur. K disait, en l'emmenant voir un champ :

— Michelle Obama, qui n'est plus first lady pour longtemps, a son passé ici.

On était dans cette drôle de phase entre les élections et l'investiture du nouveau président.

— Oui, dans les années 1850 une jeune fille nommée Melvinia a été acquise par les propriétaires d'une plantation qui se trouvait là où nous roulons, pour quatre cent soixante-quinze dollars. Ensuite l'homme blanc qui la violait l'a mise enceinte, elle a eu quatre enfants, dont l'un a donné naissance à une fille dont la propre petite-fille habite au moment où l'on parle dans la White House avec sa fille, Michelle Obama.

K disait : Un arbre généalogique n'a pas à être simple, ni beau. Normal que ça s'entortille et se lise péniblement. K était ensuite déjà prêt à move on, en se laissant tomber dans la voiture, avec un « o » très long et un « on » trop gai. Avant de remonter sur le siège passager, Adikou s'est attardée devant le panneau qui bordait la route. Le maître avait été enterré, avec sa jambe précédemment amputée, derrière la maison. Selon les croyances locales, poursuivait la pancarte, on ne peut pas partir incomplet.

Je lui ai fait signe que K nous attendait dans la voiture. Don't get me wrong, je comprenais bien pourquoi ça la touchait, la sensation qu'un bout de justice était faite, pourquoi ça nous concernait, cette histoire d'amputation et de complétude. Mais il fallait bien lui dire, aussi, qu'on vendait à son cœur un rêve qui n'était pas le sien et qui puait le maître, puait l'accumulation de richesses qui puait la superpuissance américaine qui puait les simulacres de démocratie les lobbies et les drones ; et allez lui expliquer, à son cœur, qu'il a tort, puisque le capitalisme et la Maison Blanche sont basés entre autres sur l'exploitation et la mise en esclavage de personnes noires et leur extermination sur quatre cents ans. En montant dans la voiture elle a dit qu'elle adorait la chanson qui passait à la radio, K aussi. C'était juste avant que George Michael ne meure.

Adikou trimballait un mal de crâne depuis plusieurs mois et avant Thanksgiving, le Whiteboy avait tenté, de sa main pâle, de la faire partir. Comme ça n'avait pas marché il avait clamé que c'était dans la tête, ce qui était pas faux, mais n'amortissait pas vraiment le coup ; certaines inclinaisons de la tête poussaient le cerveau endolori d'Adikou, enflé comme un moignon, contre la paroi de sa boîte crânienne.

Attablée devant son chicken barbecue, dans un centre commercial triste d'hiver de la banlieue d'Atlanta, elle tenait donc la tête droite pour calmer les ondes de douleur. Elle marchait avec K, sonnée, l'air de rien, entre les Noir·e·s pauvres et les grosses voitures. Elle a vu, sans les observer trop, les ados bruyants grimper sur les tables, noté leurs styles vestimentaires impeccables, levé les yeux et entre trois Foot Locker deux meats et deux sides pour 6,59 $, elle a continué à se tenir droite, parler, rire sourire s'excuser en tenant sa tête bien droite.

La main pâle ne s'était pas demandé, quand il jouait les docteurs, si elle était habitée, si c'était cela, une douleur fantôme : sa tête qui cogne comme si quelque chose voulait en sortir, quelques minutes après qu'on lui raconte une des histoires américaines qui se terminent par la mort de quelqu'un qui ressemble à son frère.

De toute façon c'était pas le sujet, il y avait aussi une criminalité noire sur noire, ça voulait dire : les Noirs américains se butaient aussi en interne. D'ailleurs Whiteboy soutenait tenacement, jusqu'à ce qu'Adikou se sente froide contre lui comme un serpent, que Martin Luther King avait été assassiné par un membre de la Nation of Islam. Sans trop secouer la tête elle ricanait, fixait sa main offense, et sur l'enceinte qui faisait table de nuit, la bouteille d'eau volée dans le supermarché downtown par la main pâle qui ne craint pas la loi. Les bulles de condensation à l'intérieur ressemblaient à une éruption cutanée.

Elle avait tenu cette main dans la sienne pour lui dire C'est bien pratique pour toi, que tout coûte plus cher pour les pauvres, la bouteille d'eau, son vol, la peine, la caution. Elle persiflait : Tout sauf le corps d'un ou d'une Noire qui lui bien sûr ne vaut… Enfin tout système est un équilibre, tu vois ? Lui ne croyait pas à la possibilité d'un excès de liberté. Adikou, elle, n'arrivait pas à y réfléchir plus longtemps, à cause de la migraine, mais elle savait que ce jour-là en sortant du supermarché elle avait pensé voir les semelles de son Whiteboy laisser des traces brunes de sang séché, au lieu de quoi elle seule s'était crispée en passant devant les vigiles.

— Tu vas pas commencer toi aussi à tout ramener à la race quand même ?

Il avait dit, deux semaines avant Thanksgiving.

— Les gens sont obsédés par ça aux US, je te jure. Il paraît qu'en Europe c'est différent, que vous avez moins toute cette violence, toutes ces histoires de racisme – attends, ne me fais pas de procès d'intention. Je dis pas qu'il y a pas du vrai dans ce que tu dis, Adikou. Mais c'est quoi ce tournant Black Panther là ? Tu faisais pas la Noire en arrivant, toi. Et moi je m'en fous des clichés, des couleurs, tu sais bien. Et puis ça va, t'exagères, avec ta peau claire, ta classe moyenne et ton éducation de rich kid, et d'ailleurs tu danses vraiment pas comme une Noire. Calmos, Angela Davis.

Elle secoue la tête pour chasser son souvenir, à mille cent kilomètres au sud de lui, dit Aïe putain.

Sur le porche de la maison style colonial de K, déployée dans un fauteuil à bascule comme le personnage qu'elle n'est pas dans *Autant en emporte le vent*, Adikou a hoqueté une même larme pendant plusieurs minutes. Ensuite elle a mâché, accoudée contre l'îlot de cuisine, le maïs grillé que K lui tendait pour qu'elle n'ait pas faim dans le train, avec la même distance affectueuse qu'à son arrivée trois jours plus tôt. Elle l'écoutait raconter des choses sur l'armée, les lunettes connectées, la réalité virtuelle et Black Lives Matter, Google, Ferguson, ses parents et Malcolm X (c'est Malcolm X qui dit, K citait, que c'est la plus belle et la plus difficile des choses que d'accepter ce qui est déjà en toi, within you and around you, tu devrais lire Malcolm X, you should, you should).

Avec la langue elle délogeait des petites peaux de corn d'entre ses dents.

— Et toi, ton père ?

K avait réglé ses mots pour la désinvolture, et pourtant ça sentait la bagarre.

Dans un des huit souvenirs qu'elle a avec le père, il l'appelle « enfant démocratie », elle le prend mal, comme un rappel de tout ce qui les sépare. Une enfant démocratie, elle s'était dit, c'était une petite gâtée qui profitait des libertés accordées par la souffrance des autres. Ça impliquait également des caractéristiques plus immédiates : regarder par la fenêtre quand on entend des coups de feu, faire confiance jusqu'à preuve du contraire. C'est peut-être pour lui plaire qu'elle a appris la méfiance.

Elle a fixé K avec un grand sourire très froid et je l'ai caressée de courage. Elle a dit qu'ils n'étaient pas très proches, qu'elle était enfant démocratie, et que son père, malgré les apparences, il n'était pas Noir, parce que pour être Noir·e il fallait qu'il y ait des white folks, comme par exemple sur la plantation d'hier, et que même quand il y avait des white folks, on n'était pas obligé d'être Noir·e, encore moins d'y forcer ses enfants, surtout quand on peut juste transmettre un nom aux consonances passablement étrangères et dire que ce n'est qu'un nom, et qu'il y a pas à en faire une affaire d'État. K hoche la tête mais c'est impossible qu'il voie ce qu'elle veut dire.

Je vois ce que tu veux dire, K répond, Mais c'est probablement ça le problème. One never feels home who feels shame, never will. Qui se sent honteuse ne peut pas se sentir chez soi, jamais.

Il ne sait plus s'il a lu ça dans un livre ou si c'est sûr.

It all made her cry. À New York c'étaient les neiges grises, les carrelages à fleurs et l'herbe qui fond, là les pieds de baignoire en pattes de lion fatigué. Je l'ai étreinte solennellement, comme du cristal, ou une bête en colère. Je sentais des fantômes si proches que je me suis mise à geindre, et à murmurer qu'elle était passée par là, et que c'était passé, et quand cela a commencé à sembler idiot, j'ai continué à dire You're going to be all right you're going to be all right jusqu'à ce que cela résonne, et ensuite jusqu'à ce que les mots se déploient, you're going to be all right you're going to be all right. Les mots se sont dilués vers des sons extatiques et, terrifiées de voir qu'on perdait ce qu'on avait de plus précieux, on s'est mises à rire. J'ai entendu quelque chose couvrir la fissure dans sa voix quand elle a dit : Bon allez, go.

5.

C'est juste après la frontière, qui elle-même est juste de l'autre côté de Lomé, c'est juste là, Keisa, la toute première lagune. Les journées passées à Lomé sont longues depuis son retour d'Aklako, alors Adikou s'est un peu renseignée. Elle est allée dans le centre-ville un après-midi : elle a beaucoup sué et une fois au cœur du marché elle s'est rendu compte qu'il n'y avait rien à visiter et qu'elle le savait déjà. Elle a échoué à la bibliothèque française, il y a une connexion internet et un jardin, après un sas de sécurité trop climatisé où on fouille les sacs et contrôle les identités. Sur les ordinateurs de la bibliothèque, elle a regardé où est Keisa et comment on y accède, où on y dort. Le visa pour le Ghana coûte 150 dollars avec son passeport français. J'ai rien eu besoin de dire : elle marmonnait déjà que décidément, pour faire une crise d'identité comme ça, fallait vraiment être une bourgeoise.

Elle a mangé tous les midis dans le restaurant que le professeur lui a montré, et elle a dormi écrasée par la chaleur. Elle disait qu'elle se sentait seule, même si on était à deux. Elle disait qu'on pourrait essayer de se faire des amies, ensuite elle restait assise, nue sur le carrelage.

J'avais beau y faire allusion, elle n'a pas sorti une seule fois de son portefeuille le bout de papier. Pourtant je sais qu'elle y pensait. Elle avait noté le nom et plusieurs options de numéro de téléphone d'un oncle vivant à Lomé. Au lieu d'appeler elle regardait les traces de sueur sur le carrelage se former et se déformer, entre deux chapitres de livres qui se déroulaient en France et aux États-Unis. C'était bien son créneau : si elle lisait assez de livres, écoutait assez de chansons, peut-être trouverait-elle son chez-soi où qu'elle aille. Ou alors quand le glamour de l'appartenance cosmopolite perdrait son vernis et révélerait son noyau – le privilège, son coût –, peut-être trouverait-elle son chez-soi quelque part, au moins, un endroit dont elle avait entendu parler dans les chansons et qu'elle avait vu dans les films, et peut-être en connaîtrait-elle l'argot et les intonations, un jour, ou un temps. C'était bien beau, mais pour rêvasser comme ça, y avait pas besoin de venir jusqu'ici. Elle le savait.

— Tu penses continuer à remonter la piste ?

Le professeur a débarqué plus ou moins à l'improviste, elle a enfilé vite fait une espèce de tunique qu'elle trouve trop chaude et quand même trop courte, maintenant qu'il lui fait face dans la cour. Il a l'air tout content de sa formule de détective, précise quand même : Hein, Adikui, tu comptes partir à Keisa ?

Elle ne l'avait pas vu depuis plusieurs jours. Il s'occupait de son petit-fils.

Elle répond qu'elle y réfléchit. Elle devrait passer au stade supérieur : appeler l'oncle, trouver de la vraie famille plutôt que des lieux coquilles et des noms vides. Elle dit qu'il sera toujours temps de faire tout ça, de passer du temps à Lomé après, plus tard. Le professeur répète qu'il faut lui faire savoir si elle a besoin de quoi que ce soit. Un voisin passe vérifier l'état de la cuisine, des poubelles et s'en va.

Le lendemain elle est au bord du goudron et elle dit Frontière frontière aux voitures qui passent, après la frontière elle dit Keisa Keisa jusqu'à arriver sur la bande de terre qui s'étend le long de la lagune. On dirait un décor de film, magnifique et désert, avec une longue route au milieu et des bouts de terre qui se noient de part et d'autre. Ils tracent des lignes droites et symétriques contre l'océan qui a ses droits. Le soleil cogne d'en haut sur les quelques personnes qui marchent le long de la route. Une femme chargée de poissons séchés lève un sourcil et ralentit en apercevant Adikou qu'elle croise sans rien dire. Dans le guide touristique bleu vif elle retrouve l'adresse de l'auberge qu'elle a repérée. C'est à quelques kilomètres en dehors de Keisa. La ville elle-même n'est qu'une longue étendue de kiosques sur pilotis et de champs inondés.

Elle commence à marcher pour ne plus être à l'arrêt là où la voiture l'a laissée, elle marche, dans la direction qui lui semble être la bonne. Une voiture bondée ralentit à sa hauteur.

— Where you going ? Miss, where you going ?

Le chauffeur parle fort pour couvrir les rires des passagers. Elle donne le nom de l'auberge et il dit que c'est pas faisable à pied, ça.

— And you should call. It could be full already.

Il s'éloigne en klaxonnant et Adikou crie Thank you. Quand elle raccroche le téléphone, elle est toujours au bord de la route, à l'ombre maintenant. Il doit bien y avoir d'autres endroits où dormir, à part l'auberge vraiment complète et le club hors de prix pour les élites de Lomé et d'Accra. Adikou jette le téléphone au fond de son sac. Elle a faim ou peur ou chaud et son sac à dos est lourd ou son ventre brûle. De l'autre côté de la route, plus proche de la bande d'océan, elle s'assied dans un petit restaurant. Elle dit qu'elle en a marre que ce soit à elle de prendre toutes les décisions et de tracer toutes les routes, que c'est comme marcher seule. Il y a un hôtel qui semble en construction, deux chambres sont disponibles. Les murs sont nus, les façades aussi, des coulées de ciment qui menacent de se fondre avec le sable des marécages.

Where you going, miss ?

You travelling alone ?

Adikou choisit la chambre dont les draps ont l'air les moins sales. Il n'y a pas d'autres touristes dans l'hôtel, on dirait. Elle s'assied sur le lit, grande de lassitude, à côté de moi ; je lui prends la main, pieds contre cuisse à dessiner des cercles dans sa paume. La nuit commence déjà à tomber et des voix d'hommes parcourent régulièrement les couloirs. Je vérifie que la porte est bien verrouillée. Ce n'est pas la première fois que le monde entier se fait monstre sous le lit.

On s'est lancées dans une collection coûteuse. Après Atlanta déjà, il a fallu la suivre dans les dernières plantations de Géorgie. Une ou deux portes d'église ont encadré son dos tendu, et puis Adikou a voulu voir le Tennessee dont on a toutes quelque chose, nous aussi. On a testé les endroits où l'on sait très vite dans le regard des Blancs si on est noire ou pas, Adikou a dit : Youpi, c'est cette violence-là, le point de chute. À cause de la chanson, et du whisky, et de Kalash et de Ninho : T'enterrer dans un trou comme dans le Tennessee, Adikou fredonnait, Le sang est marron j'ai bu trop d'Hennessy. C'était un nouveau kif, de voir si clair.

Là-bas, sur un parking de Nashville – au loin on entendait le grondement d'un grand concert –, Adikou a tendu son paquet de cigarettes aux deux gardiens en allumant la sienne. C'était le soir du Nouvel An, elle a demandé s'ils étaient mieux payés, du coup. Un peu. L'un des deux a dit que c'était symbolique, de commencer l'année avec de l'argent. Elle a répondu à leurs questions sur ce qu'elle faisait là, si ça se passait bien le voyage, si elle était accompagnée. Non, elle a dit, y avait un mec, la main pâle, mais je l'ai lâchée, pour bien commencer l'année moi aussi. L'un des gardiens s'appelait Charles. Il a dit :

— Tu es en voiture ? Parce qu'il y a des endroits entre ici et Birmingham, tu sais, où tu devrais pas traîner seule en tant que femme noire. Ou même sortir de la voiture quand tu traverses. On appelle pas un endroit Lynchburg pour rien, tu vois ce que je veux dire ?

Elle a répondu à leurs questions sur Paris, et l'Europe, et ce qu'elle pensait des biscuits du Sud. Avant de partir elle a croisé trop longtemps le regard de Charles sur elle alors il l'a détourné. Il a dit, Alright, take care sister, et est rentré dans sa cabine pendant que son collègue fixait la fumée contre les étoiles.

On s'est lancées dans une collection coûteuse, pas vrai, Adikou ? Quand tu as fini par rejoindre le concert à Nashville, cette fois-là c'était collector, dans la queue pour les toilettes portatives bleues, les pieds dans la boue, les santiags d'un homme qui refuse de te laisser allumer ta propre cigarette avec son briquet, insiste pour l'allumer lui-même, Sinon je sais comment c'est, avec vous, ça passe à ton cousin, à ton frère, et je le revois plus jamais, non non, c'est moi qui t'allume. Les autres autour de lui acquiescent. C'était net ça, noir sur blanc. Tu t'es approchée, il a allumé ta clope en te fixant à travers la flamme. Tu tremblais un peu, de terreur ou d'excitation, sur tes lèvres un début de sourire flottait. Tu goûtais la violence en mordillant tes lèvres. Je t'ai trouvée terrifiante. Eux non. Tu as baissé les yeux en tirant sur le filtre. Tu savourais quoi, exactement ? La violence même ? Le sentiment qu'elle fixait ton identité ? Les hommes ont détourné les pointes de leurs bottes de toi, sans détourner leurs regards. Tu n'as pas su démêler leur désir de leur dégoût.

T'as aimé ça, pas vrai ?

Tu pourrais dire un truc quand même, Adikou, même un putain de gros mot, n'importe quoi pourvu qu'on arrête de se mordre les joues sur de vieux souvenirs d'Amérique, de sourire jaune, jaune, noir et humide, de se broyer les dents jusqu'à en faire des paillettes. Tu pourrais dire quelque chose, maintenant que tu guettes à nouveau ta peau sur la rétine des autres, maintenant qu'on est à nouveau seules, maintenant qu'on a de nouveau un peu peur, coincées au milieu d'une lagune.

La nuit de Nouvel An était passée, et les suivantes aussi. It all made her cry, le sucre d'un fruit frais, une peau sourde qui traîne après la mue, la chaleur de l'hiver. Je l'ai vue, dans une petite maison en banlieue de Memphis, tourner lentement le présentoir grinçant des cartes postales. Elle a suivi la guide dans un escalier étroit qui menait à une cave. C'était là que venaient se cacher, parfois des jours et des jours durant, les esclaves en fuite qui s'arrêtaient ici à Slavehaven avant de traverser la rivière, de remonter vers le nord. Elle croyait sentir des yeux la fixer. Les arbres généalogiques de K ondulaient dans sa tête et tout le monde y rampait, la guide, celles qui se sont cachées ici, la main pâle, sa mère, même le père. Elle a voulu conjurer l'horreur en imaginant les couleurs des couvertures brodées, les fuites victorieuses. Mais quand les enfants sont acquis par demi-douzaine pour une poignée de pièces sales par une philanthrope à la fin d'une enchère, que peuvent valoir encore les motifs codés que l'on tisse dans de grands draps ? Elle a voulu partir, depuis Memphis tout droit vers Birmingham, dans l'Alabama. C'était un peu au hasard : sur le site d'hébergement, quelqu'un venait de lui confirmer qu'elle pourrait occuper une chambre d'ami libre pendant quelques nuits. C'était un peu au hasard : Birmingham, elle ne savait plus qui le lui avait dit, avait été surnommée Bombingham pendant la lutte pour les droits civiques, tellement les suprématistes blancs y commettaient d'attentats.

À la gare routière de Birmingham, sous la pluie qui frappait le béton et les yeux, le visage veineux et rougi de son hôte, Savannah, est apparu un peu comme un fantôme mais ses bras sont venus entourer Adikou en serrant fort. Elles ont roulé jusqu'à une banlieue résidentielle sombre, et Savannah l'a fait asseoir sur un porche où dormaient plusieurs chats. Quand elle est revenue et qu'a pété le bouchon d'un mousseux, elle a dit :

— Tu sais, depuis que ma fille est partie, je me sens souvent seule, bien sûr je m'occupe, mais c'est pour ça, aussi, que je me suis inscrite sur ce site, pour accueillir des gens. Ça me fait de la compagnie. Elle est partie faire ses études ma fille mais il y a encore sa chaussette de Noël accrochée à la cheminée tu vas voir, elle est rentrée pour Noël ma fille, tiens va chercher une autre bouteille comme ça tu verras en passant, la cheminée et la chaussette de ma fille.

Elle a raconté, cette mère dont l'ex-mari était dans la marine, le mal qu'elle avait eu à trouver des emplois auxquels elle pouvait emmener la petite, comment elle la mettait devant les dessins animés quand elle nettoyait le bar de nuit du fond vers l'avant. Sa fille gardait les yeux rivés sur l'immense téléviseur et quand elle finissait Savannah sortait une pièce de sa poche et sa fille choisissait un morceau sur le Jukebox et enfin, enfin elles dansaient ensemble dans la lumière crue du bar propre.

— Parce que voilà, il faut survivre.

Savannah a dit ça au torrent d'eau qui coule dans le ciel, illuminé par des lampadaires blancs lointains. Elle a dit ça alors que leurs bouches étaient ramollies de mousseux, que les chats se frottaient contre sa jambe. Elle a dit ça malgré le bruit de la mine qui déchirait la nuit, déchire la pluie ; malgré la mine qui avait déjà broyé les doigts, gonflé les pieds, noirci les poumons, pourri le foie du père. Il faut survivre à la nuit, malgré la lueur blanche et enfumée qui s'en dégage. Savannah a parlé de l'ex-marine, son ex-mari. Elle avait couvert de bougies et de décorations de Noël le sapin, la cheminée, la table basse, le bar, la cuisine, les escaliers, le porche, elle allait déménager à Hawaii, en Italie, en Espagne, elle avait accueilli dans sa petite chambre supplémentaire des gens de tout partout. Elle a dit, Je suis une femme seule, mais il faut pas croire, je sais me défendre. Je prends mes précautions : un jour *un homme arabe* devait venir dormir ici, et il me demandait l'adresse, ça m'a paru suspect.

La pluie s'est arrêtée. Au loin le train comme promis roulait, trimballait du charbon et un bruit de ferraille le long des banlieues résidentielles. C'est pas du racisme, non vraiment pas, mais je les connais, mon mari les a combattus, il a fait l'Afghanistan, les a abattus, j'ai vu comment ils étaient, alors je me méfie c'est normal. Sur le visage de Savannah les veines avaient enflé et l'armée de chats se frottaient contre elle avec plus d'impatience, Tu sais ça peut sembler dur, ce que je dis, mais une femme seule… Les gens pensent que je suis une victime idéale tu vois, mais je sais me défendre. My heart is on my sleeve, elle a dit, et pendant un moment, on a juré qu'on pouvait le voir, le cœur lourd qui descendait le long de son bras, Et je n'ai rien contre personne, tu sais, elle a dit un peu trop lentement. C'était peut-être le prosecco qui engourdissait ses veines, et c'était peut-être une peur qu'Adikou avait empruntée à d'autres os, et pour combler le silence, la femme a dit Dans la maison j'ai deux armes ; elles sont cachées mais je peux te dire que si qui que ce soit me voulait du mal, je sais m'en servir, Tu vois par exemple si tu décidais de me voler parce que tu me voyais comme une proie facile… – elle ne s'est pas arrêtée le temps que le train passe – … mais en tout cas, ça c'est pas du racisme, pas du tout, contrairement à ce que pensent les gens, qu'on est racistes par ici, mais regarde, moi, j'ai aucun problème à accueillir des gens comme toi.

Adikou a senti une immense fatigue. Elle pensait aux articulations foutues et aux poumons noircis des pères, aux peaux striées, aux coups partout. Elle n'arrivait plus à arrêter d'y penser, comme si en dernier recours elle se raccrochait aux motifs les plus familiers. Elle a murmuré qu'il n'y avait pas de couleur à la souffrance, peut-être pour se faire bien voir de la nuit. Elle a réservé un billet pour La Nouvelle-Orléans, le lendemain. Elle a mal dormi cette nuit-là, pleine de poussière qu'elle était et de mauvais rêves, aussi.

On tourne en rond, non, Adikou ? Toujours plus de bouches disent toujours plus de choses et tu vas toujours plus loin jusqu'à cette bande de sable que personne ne t'a dit d'atteindre, cette lagune de Keisa incompréhensible où on s'est senties appelées par des drôles d'ancêtres eux-mêmes passés par trois bouches. On tourne en rond, non ? À chaque fois on y retourne à s'en prendre plein la gueule, à se faire traiter de tout ce qu'on est pas, et pourquoi on est là alors Adikou, tu pourrais dire un truc, merde, bah oui tiens, pour couvrir les rires d'hommes dans le couloir au moins, tu pourrais dire merde, pour soulager la nuit, tu pourrais dire ça.

Plus tard, dans le noir, elle murmure : Tourner en rond, c'est ce que fait l'océan.

6.

Au milieu des passagers tordus entre les sièges du train pour La Nouvelle-Orléans, entre leurs dos courbés par-dessus les accoudoirs et les bébés proches de la suffocation dans les bras de leurs mères bavant de sommeil, Adikou gardait les yeux rivés sur la fenêtre. Le Mississippi s'effilait vite. De temps en temps, pour finir de regarder, elle se tordait la tête. Depuis des heures elle frissonnait. Ses pensées s'enroulaient sur elles-mêmes, désarmantes. On aurait voulu qu'il y ait une cause aux tremblements. Qu'elle puisse donner aux frissons une raison, expliquer à ses voisines de siège qu'elle n'allait pas leur refiler une maladie qu'elles n'auraient pas les moyens de soigner, les forcer à un arrêt qu'elles n'auraient pas le loisir de prendre.

Le train traversait les trailer parcs, et les champs dessinaient des damiers. Dans les arrière-jardins, les enfants continuaient à jouer, juste jamais ensemble, à quelques dizaines de minutes près tout était tout blanc, tout noir, Mississippi goddam, des carcasses de voitures d'un côté comme de l'autre, Mississippi goddam. Au bord des rails il y avait du coton, vraiment du coton, et au-dessus de sa tête un homme avait coincé un bout de papier rose pour indiquer sa destination finale, la fin du Sud, le bout du visa. Elle a murmuré comme pour elle-même qu'elle était sur des rails, qu'un train ça va, ça va. Elle avait la voix gorgée. Chuchotait doucement Toi-tu-n'es-pas folle, pas folle.

Au deuxième arrêt un homme s'est levé d'un siège de l'autre côté du couloir, courbé pour attraper son manteau, a déplié ensuite un corps très grand. Il a marché deux pas, et puis s'est arrêté, et il a demandé : Vous ne voulez pas prendre un peu l'air du Mississippi ? Adikou a détourné son visage de la vitre pour la première fois depuis plusieurs heures et regardé au-delà de son épaule vers lui qui a fait un pas de plus. Mississippi air, il a dit. Mississippi air de souffre et de sang, everybody knows about Mississippi goddam, air qui étouffe et étrangle impunément, nothing but rotten, Mississippi air. Il aurait fallu penser à la résistance plutôt qu'à l'anéantissement, elle le savait, se l'est dit. Ou au moins à la fuite, la fuite qui fait couler de la pisse le long d'une jambe endolorie, à la fugitive qui confie ses enfants à la mort plutôt qu'à la plantation. Elle a dit : Nah, I'm good. L'homme a ouvert les lèvres en un fin sourire, y a glissé une cigarette. Par la fenêtre, elle a suivi les racines des arbres jusque sous l'eau brune. Quand l'homme a eu fait quelques pas, elle est sortie fumer une clope amère. Elle s'est étonnée d'une goutte d'eau poussée le long de sa joue par le mouvement de sa bouche. En remontant dans le train, elle y a marché, jambes tremblantes, jusqu'au *lounge car*, un rectangle de verre flottant sur les marécages, au milieu du train qui comme un serpent glissait vers son but. Dans le paysage qui continuait de se dérouler devant ses yeux, elle a vu les femmes d'une famille inconnue qui devait être la sienne s'enrouler de pythons pour venir lui réciter des mots rares. Je sentais s'intensifier les tressautements dans sa cuisse. J'ai voulu de mes mains tenir sa peau en place pour qu'elle calme son cœur. J'ai dit que dans l'arbre généalogique je la voyais plus proche du scorpion. Je lui ai rappelé qu'elle n'avait plus peur des serpents. Sans me laisser finir elle a crié un chuchotement, elle a dit J'ai peur de moi. Pour que s'ouvre sa gorge elle soufflait bruyamment. Il ne restait plus beaucoup de rail jusqu'au bout du Sud. Assise, Adikou était proche de la boue, saine et sale aussi comme les bouts d'eau qui épousent la terre. Les racines des arbres y sont sous-marines. Elle a dit : C'est bien ici que l'océan vient à mourir. C'est bien nous, cette après-tempête et cette prénoyade.

Le soleil était doux, sa lumière orange jetait des ombres sur les tables et des paillettes sur l'eau. Des esprits pointaient entre les branches pour engloutir ses rayons, dont le jus coulait dans l'eau, nourrissait les arbres brisés et tordus, debout et vivants encore. Quelque chose les tient debout depuis des siècles dans cette partie du pays qui sent la survie, fait implorer puis danser sous un soleil trop mûr. Il éclaboussait de suc le wagon en verre. Adikou respirait fort et elle attendait la lune. Elle viendrait renverser sa lueur sur la terre humide, sur les peaux sèches. Adikou espérait une pluie épaisse comme du beurre de karité, les mots qui disparaissent et sont remplacés par des vérités. Elle distinguait dans le paysage comme une couverture faite de soie et de bouts rouges de chair. Elle réunissait derrière son œil reflété dans la vitre tous les regards, de la fille du safe space aux hommes en santiags, du formulaire d'inscription aux gardiens du parking, et puis le kaléidoscope de mains pâles qui lui donnait le vertige, dans les nuages on aurait dit qu'elle voyait des motifs, et alors que ses pieds étaient un peu durs à cause de l'air de la clim, elle était partie loin. Moi un peu peureuse je lui ai dit, Reviens reviens reviens, elle a dit T'inquiète, je vacille mais pour l'instant je reviens reviens reviens.

Par la vitre elle a vu s'amorcer La Nouvelle-Orléans qui est bien vieille déjà bien fatiguée, La Nouvelle-Orléans dont on aime chanter le jazz, dont les rues aiment, pour faire plaisir aux touristes, sentir la France encore, La Nouvelle-Orléans dont personne n'a voulu ramasser les corps noirs quand Katrina la tourmente est venue la balayer. Adikou, elle, n'était pas là, n'a jamais été balayée, alors d'où vient sa colère, au juste ? De qui est-elle l'héritage ? À l'arrivée, elle a jeté son sac à dos sur le quai de la gare, avant de le rejoindre elle-même. Elle s'est tournée vers toutes les sœurs qui attendaient, qui répétaient, Souviens-toi que cette conscience ne peut jamais, finalement, être réduite à la race, it must be cosmic. Alors elle a vu les étoiles. La Nouvelle-Orléans l'a accueillie, et elle y a dormi des jours.

Il y a un train qui, la nuit, mène des plantations de la Louisiane française à la Gold Coast britannique. Elle traîne un peu avant d'y remonter.

7.

Adikou se réveille à Keisa, tout habillée. Elle tend l'oreille : il n'y a plus de voix derrière la porte. Elle sort dans les premiers rayons du soleil. Derrière la lagune, l'océan est plus agité que la veille. Il y a un endroit où on peut traverser pour rejoindre le fort qui fait face à la mer. Il y a un endroit où la nuit passée s'estompe et où les touristes réapparaissent. Elle y marche avec plus d'assurance, la peau rendue mauve par la crème solaire aux ingrédients d'origine naturelle. Elle entend des rires, contourne un canon noir, gorgé de sel, qui s'effrite ; se penche légèrement au-dessus de la balustrade, assez pour inquiéter le guide qui fournit des explications au groupe de Britanniques sortis de leur car. En détournant la tête de l'eau blanche et remuante, de l'écume qui y dessine des pierres précieuses et des silhouettes de méduses ; en plissant les yeux contre le soleil matinal qui frappe contre le regard à droite, elle aperçoit des pirogues, des couleurs aussi, des filets verts et blancs et bleus et des jeunes et des vieux et des enfants qui sautent. Elle distingue des poissons alignés. La voix du guide s'élève dans un coup de vent : Nous allons continuer par ici. La cellule de punition que je m'apprête à vous montrer était conçue pour contenir jusqu'à huit femmes rebelles.

Une visiteuse frissonne à l'évocation des viols, des semaines passées à huit dans l'obscurité, à baigner dans sa merde. Dans l'écho d'une blague à laquelle le groupe rit, tous avancent vers une arche. La porte de non-retour débouche sur les bateaux et les pêcheurs. Un des visiteurs interpelle le guide, Et aujourd'hui, il y a encore des rivalités ou des… des rancœurs entre les *tribus* au sujet de l'esclavage ? Le guide rassure : Non, non, plus maintenant, elle est bien loin cette sombre histoire.

— Et donc, il n'y a pas de ressentiment à l'égard des Européens non plus ?

Le guide absout : Il n'y a qu'aux États-Unis, là-bas, ils en veulent aux Blancs, et aux Africains aussi. Quand ils viennent ici, les Noirs américains, beaucoup sont en colère, ou fondent en larmes. Mais c'est les États-Unis…

Le Britannique dit Ah, oui, les États-Unis.

Adikou tourne à nouveau la tête vers le bruit, vers cet océan dont on penserait, à l'entendre, qu'il se brise. Il cogne encore et elle le regarde malmener son eau vieille, craquer avec le bruit d'un ciel fâché.

Son bleu lourd et grisâtre. Elle essaie de le regarder comme pour la première fois, comme si elle avait marché des dizaines de kilomètres aujourd'hui et des dizaines la veille jusqu'à cette épaisse bâtisse blanche, jusqu'à ce fort de Keisa. Mais elle ne sait pas la taille des embarcations qui amarraient ici dans l'attente de corps frais. Elle n'entend pas le roulement des vagues pour la première fois. Elle n'imagine pas le bruit des chaînes clinquantes, s'il y avait des chaînes, s'il y avait du bruit.

Elle ne connaît pas la sensation, si elle est sourde ou glaçante, insidieuse ou muette, cette peur de l'invisible autre côté, le doute quant à son existence même. Adikou, elle, n'en doute pas. Elle y a été, de l'autre côté du miroir. Elle a survolé pliée sur un siège d'avion le pays de l'eau. Depuis cette rive-ci, adossée contre la chaleur de l'épaisse pierre, Adikou lèche sa lèvre supérieure, ensuite elle souffle Pardon d'être partie là où l'océan meurt. Quelques gouttes de sueur, coincées dans la moustache au-dessus de sa bouche, teintent de sel sa langue comme l'on boit la tasse.

Sans qu'elle donne son nom à personne, sans passer par la porte du retour, qui à côté du fort accueille les dépouilles, les âmes et les touristes, Adikou quitte la lagune d'ancêtres fantômes sans rien dire, pas même au jeune homme de la station de minibus juste avant la frontière qui lui propose un bout de terrain au Ghana en disant Je suis membre d'une association, ma sœur, l'association de rapatriement afro-américain, tu es américaine pas vrai ? Reviens sur ta terremère. On peut mettre à ta disposition un bout de terrain, des ressources. Come back, ma sœur.

Elle lui sourit avec un drôle d'orgueil de fille de l'eau, ni de l'ancienne côte, ni de la nouvelle, d'aucun côté du fort et pourtant. Pourtant elle a pleuré devant le Lorraine Motel où Nina Simone dans ses oreilles demandait ce qui allait arriver maintenant que le King of Love était mort, et elle a trembloté doucement devant des photos de Malcolm X, de W.E.B. DuBois, de Maya Angelou dans des jardins verts d'Accra, come back my sister, pourtant elle a hésité à prendre le bout de terremère juste pour être sûre, et pourtant elle a marché seule au son de Nina Simone, mississippi goddamn, sans jamais arriver.

N'empêche qu'à trop regarder le fort qui raconte une histoire terriblement simple et faire comme si c'était la sienne, elle en oublie Lomé et ses projets : l'appel à l'oncle, la recherche d'origines tangibles. C'est un cul-de-sac, Keisa, dont ne se dégage aucune prochaine étape, aucun détour supplémentaire.

Mais sur la plateforme d'hébergement, où Adikou a contacté les quelques utilisatrices ghanéennes, quelqu'un qui s'appelle Sinny et habite à deux heures de Keisa dans une petite ville universitaire lui a dit de venir. Sinny a écrit, We have a free room for couchsurfers. I'll come pick you up at the trotro station. Adikou a cherché sur Internet : trotro, c'est l'âne des enfants, puis « trotro ghana » : nom donné aux minibus qui opèrent comme des taxis partagés dans la région. En attendant Sinny, Adikou observe les pieds que des vendeuses de petites bananes traînent lentement sur l'asphalte défoncé. Elle en goûte une, apprécie la texture, pas d'étrange surface engourdie avec ses rainures inégales, juste une flaque douce dans sa bouche et des graines saupoudrées. Je viendrai te prendre à la trotro station – sacrée promesse.

Sinny a des bagues plein ses mains épaisses, une tendance à bouger ses doigts comme des instruments silencieux ; elle semble prête à lâcher quelque chose, du cœur aux ongles, et Adikou lui dit merci. Sinny soulève le sac à dos de ses épaules. Sa voiture démarre à la deuxième tentative, ensuite elle roule le long de rues bruyantes et silencieuses qui répètent des motifs familiers.

— Je dois aller chercher quelque chose à la fac où je travaille. Ça te dirait de voir le campus ? Le grand est à Accra, ici, c'est plus convivial.

Adikou dit oui avec un sourire.

Ah, y a une fête ce soir !, Sinny ajoute tandis qu'elles approchent d'un grand bâtiment jaunâtre.

La musique augmente, et Adikou, en sortant de la voiture, attrape la main ferreuse que Sinny lui tend.

Plus tard, chez Sinny, Adikou découvre un salon où les pas résonnent comme dans une gare ; elle dit que c'est beau, un salon comme celui-ci, dans lequel elle est conduite par le pouls de Sinny. Il bat si fort qu'Adikou, sentant le feu dans ses reins, est vaguement, rapidement honteuse face à ses parents. Sinny leur sourit, se tourne calmement vers Adikou et dit Ma, Pa, Adikou, et ils acquiescent tous les deux avec des sourires doux qui la laissent suspendue quelque part entre leurs dents et le carrelage sur le sol. Plus tard, elles boivent lentement sur la plage, et Sinny tient les hommes à l'écart – elle sait faire ça, Adikou l'a su je crois dès les premiers instants où Sinny l'a prise dans ses bras pour faire connaissance. Elle sait ouvrir des chemins pour devenir invisible, des instants sans regards. Adikou la remercie pour tout en faisant glisser son doigt sur l'étiquette de bière, en espérant qu'elle comprend que c'est pour tout ça, pour ce corps, ces yeux, la liberté de ne pas être regardée, la soudaine vastitude d'une plage sans peur. Sinny parle de son village et des oncles aux dents pointues. Au bout d'un moment elle dit, Anyway, who, here, is alive ? Adikou écoute. Les lumières tournent et déclinent toutes les couleurs. Elle a l'air d'aimer cette nuit où sa peau se fond dans les reflets rainbow. Au milieu d'un silence, Sinny demande,

— Bon alors. Qu'est-ce que tu fais ici, sérieusement ?

— J'avais besoin de quitter Lomé.

— Mais tu venais à peine d'y arriver, non ?

— Oui, enfin, presque deux semaines quand même. Avec des interruptions.

Sinny rit.

— Et tu avais besoin de partir ?

Adikou, un peu boudeuse, dit : Oui. Quand l'autre a fini de rire elle raconte, solennelle : À Lomé, un matin, je me suis réveillée forte et immense comme un fantôme. Comme une revenante. J'étais allongée dans la chambre, aux fenêtres il y avait des rideaux fleuris en brun et rose et les murs étaient couverts de carrelage au motif qui me rappelait un vagin. Ce matin-là, au réveil, je remarque les petites chiures de gecko au-dessus de ma porte et dans l'angle entre le mur et le plafond. Donc, je m'habille et je sors. Je fais le tour de la maison, juste pour voir les champs, les quelques autres habitations et le chantier au bout de la route. Et je me rends compte que je suis seule – dans les regards des voisins, personne ne semble reconnaître en moi une enfant du pays. En faisant demi-tour pour rentrer, j'entends des voix d'enfants, une comptine que je reconnais de ma dernière visite : yovo, yovo, bonsoir, ça va bien, merci. Tu connais ? C'est une chansonnette faite pour aider les enfants à mémoriser les formules de politesse pour le blanc, yovo, le colon. Et là, yovo, c'était moi aussi, et d'être venue jusqu'ici pour ça, je sais pas… J'ai voulu laisser les enfants loin.

Sinny rit légèrement, ses dents dansent devant les yeux d'Adikou, elle dit Anh, ah oui, anh et Adikou ne sait pas bien à quoi elle acquiesce, ce qu'elle entend qu'Adikou ne comprend pas.

Le soir, couchée dans le vide de la chambre, sous la moustiquaire du petit lit, Adikou soupire, et il n'y a que moi pour savoir le souffle qu'elle laisse échapper, le poids de ce qu'elle lâche. Who, here, is alive ? And which, here, is my body ? Est-ce le corps au troisième membre cassé, à la pupille blanche frappante, aux dents jaunies qui s'échappent de la bouche du père ? On n'enterre pas un membre sans son amputée. Le deuil n'aura pas lieu, c'est ainsi et c'est tant mieux. Si on a fait d'elle une Noire, je lui dis, À la bonne heure : alors tes cheveux sont à leur place quand ils évoquent une décharge électrique, à la bonne heure alors si tu es dans leurs yeux courant, danger, à la bonne heure alors si tu es, parfois, dans des yeux bleus noire.

Nue, mouillée, enroulée dans les draps, Adikou touche encore son corps qui la surprend, couvert de continents ; elle parcourt de ses doigts l'île de l'estomac et l'intérieur des cuisses qui fait frontière. Elle sourit de toute sa colonie de dents. Elle dit, je crois, qu'elle ne va quand même pas s'en prendre à elle-même. Personne l'avait prévenue que son corps se fendrait de check points qu'il faudrait rendre attirants, qu'il se gorgerait régulièrement d'eau marine et qu'en son fond du sel rongerait les pigments et les corps étrangers. Alors elle pense aux yeux de sa mère, qui font plus foyers que toutes les maisons. Doucement elle répète : Elle a dit qu'elle m'aimait pour mille, et je n'ai pas compris que c'était pour en compenser mille autres, elle m'a aimée pour mille pourtant hors de ses yeux l'espace entre le noir et le blanc rétrécit ; pourtant entre les chaises j'aperçois les crocodiles, entre les continents ma place, ma peau lacérée par vingt ans d'embruns.

Eh, je dis, reste tranquille. C'est des conneries, ces histoires de continents et de chaises. T'as pas le cul entre deux chaises. C'est toi, le crocodile.

Bien sûr que oui, elle dit, mais ça, en soi, c'est pas un problème.

Dans son enfance atlantique, il y a les balades de Noël et Pâques qui promettent un océan déchaîné. Les vagues sont trop froides. L'été la voit déferler sur la plage avec un petit surf en mousse. Au goûter les figues gluantes lui collent aux doigts, elle aime sentir la chaleur rugueuse de la pierre, le crissement de ses petites jambes enrobées de peau moelleuse contre un crocodile gonflable qui flotte dans la piscine. Elle connaît par cœur les motifs de la toile cirée colorée dont elle nettoie les miettes de pain. Tous les étés, sa cousine la rattrape. C'est comme ça qu'on dit quand le bronzage de l'une semble rejoindre la peau de l'autre. Adikou se tortille sans trop savoir quoi dire. L'été est blanc et bleu comme les tenues des fêtes.

C'est trop tard pour la calmer, elle gratte sa plaie, décolle sa tendre enfance. Entre le bras de sa cousine et le sien, c'est une question de nuance, et Adikou, malgré les paroles rassurantes – toi-tu-n'es-pas-noire –, commence à croire que les nuances sont plus que des déclinaisons Pantone. Il y a les belles boucles rondes sur les shampoings Garnier, celles d'Adikou sont moins bien définies, mais ce n'est pas pour autant qu'elle est noire. Il faut faire la différence entre marron migrante et marron française, sonder les peaux en quête de la teinte marron intégration, regarder mal le marron blanchi aux produits éclaircissants parce que c'est quand même terrible de s'infliger ça.

Elle dit qu'elle a dix ans dans un salon à la lumière douce, une télévision immense braille des karaokés. Je reconnais direct, c'est pas la première fois qu'elle revient là : l'épaisseur des murs, la chaleur de la pièce qui l'enveloppe. Et les rires des enfants gâtés qui résonnent à travers la cuisine. Elle se souvient des mots de son garçon préféré, en aparté dans le jardin d'hiver :

— C'est dommage, tu pourrais être la plus belle fille du monde, mais tu peux pas, comme t'es noire.

Elle se souvient de ce premier miroir serti de pierres blanches, calcaires comme le sourire d'un garçon grand de treize ans qui révèle malgré lui les dents d'un monde plus grand que lui, et lui apprend irréparablement qu'elle est noire, et que ça veut dire : trop noire.

Je lui rappelle qu'on est loin, maintenant – qu'elle, entre-temps, a de nouvelles dents, un nouveau corps qu'elle aime bien. J'aventure que ce n'est peut-être pas nécessaire de remâcher tout ça. Adikou dit qu'on ne choisit pas ses fantômes. Le monde, resté trop grand, tente toujours d'entrer en elle, et à force de le fuir elle s'est retrouvée là, dans un lit vide dans une petite chambre dans une maison familiale dans une ville ghanéenne, à écouter Sinny respirer à travers le mur ; elle aimait mieux, Sinny a dit, retourner dormir dans son propre lit.

Moi, je reste couchée aux pieds d'Adikou en attendant qu'elle arrête de tant s'agiter dans son demi-sommeil. Une chienne hurle quelque part dans la parcelle d'à côté, un bébé aussi. Lorsqu'ils s'arrêtent, l'une et l'autre, les criquets reprennent. T'entends, je chuchote à Adikou, on est ici, maintenant. Elle inspire, expire hâtivement. Sans soulagement. Elle passe sa vie à fomenter sa révolte. Elle continue à allumer de petits feux qui la consument à la fin du jour.

Sur l'île sénégalaise de Gorée, elle se rappelle s'être vue pour la première fois coupable. Dix ans après le garçon aux dents blanches, elle s'était dégoûtée de n'avoir finalement en elle aucune mutinerie capable de déborder du lit d'un siècle de prudence, de trois cents ans de secret, de cinq cent vingt-cinq ans de lâcheté sournoise, de vingt ans à demander, discrètement, une preuve qu'elle est aussi blanche que le sein de la mère qui est sienne. S'était revue, aussi, supplier au contraire qu'on ne voie pas en elle le blanc des voiles qui se gonflèrent à chaque expédition coloniale et à chaque pillage.

L'Histoire ne fait pas tant de place à Adikou, sauf une fois sur l'île de Gorée, où un écriteau peu éclairé l'informe que dans l'esclavage, l'élément mulâtre, et plus particulièrement les femmes, appelées signares, joua un rôle important. Adikou était partie en vacances au Sénégal avec un autre garçon dont la main pâle pesait moite dans la sienne. Ses pensées loin des criquetis de la nuit ghanéenne, elle se souvient : Ça faisait des mois qu'on se voyait plus tellement, on disait que c'était parce que j'avais changé. Comme il avait déjà pris les billets on était partis en vacances quand même. Devant l'écriteau, j'avais hésité entre broyer sa main ou la lâcher. Il a dit :

— Bon, on bouge ?

Elle raconte qu'elle est restée immobile puis qu'elle a dit, Mais quand même, elle est un peu vénère ma couleur, non ? Elle a la teinte criarde de la trahison, le silence du viol, partout elle dit des histoires de pouvoir.

Ce n'était pas un mauvais gars, la main pâle, mais là il s'impatientait. Il a dit, Je sais pas moi, Adikou, moi je te vois, toi, pas une couleur, juste une humaine, une très belle humaine que j'aime et qui a l'air d'avoir besoin d'une bière fraîche et d'un thieb au poisson.

Adikou avait la nausée un peu, comme un mal de mer. Elle a pensé au morceau qui dit que le métissage, c'est de la boue en vérité. Sur le fort de Gorée les vagues se cassaient et il y avait des jeunes qui sautaient dans l'eau en salto. Apparemment la main pâle continuait, Et puis t'es un peu obsédée avec tes histoires, tu sais des métisses y en a plein, on est tous un peu métissés en vrai, on va quand même pas créer toujours des distinctions en plus. T'es pas la plus à plaindre non plus, tout le monde adore les métisses. Il avait souri des canines : À commencer par moi.

À ce moment-là, Adikou ouvre d'un coup les paupières, elle dit : Et Exotique ? T'as déjà raconté l'histoire d'Exotique ?

Pas encore, je réponds, et elle me fait signe de m'y mettre.

Exotique est la plus belle d'entre nous ; du moins c'est ce que dit la légende. La légende commence ainsi, du moins c'est ce que j'en sais.

L'explorateur arrive, depuis la mer ouverte, à l'embouchure d'un fleuve. L'eau y brille curieusement. Intrigué, l'explorateur envoie cent hommes, petites bestioles dans leurs scaphandres, les fait plonger et remonter, incessamment, pendant cent jours et cent nuits. Chaque nuit un homme périt, si bien qu'à la fin, son escadron de plongeurs est épuisé, sans qu'il ait pu trouver ce qui brille ainsi. Si l'embouchure brille, pense-t-il à voix haute, pipe à la bouche, alors la source doit briller bien plus encore.

Fier de sa trouvaille, il élève sa voix grave et ordonne qu'on remonte la rivière. Les hommes se mettent en route.

Au fur et à mesure qu'ils naviguent, la surface de l'eau s'allume sous leurs yeux, capte la lumière d'or. L'explorateur est de plus en plus excité. Il ordonne à ses hommes de naviguer jour et nuit, sans pause – la lueur de l'eau suffit à les éclairer. Mais la navigation est de plus en plus difficile. À contre-courant, le visage balafré d'embruns, les marins périssent l'un après l'autre. Ceux qui restent prennent peur. Chaque jour, la terreur creuse un peu plus leurs traits, rend chacun de leurs mouvements un peu plus hésitant ; chaque jour, la lueur s'intensifie, et chaque jour l'explorateur se dit qu'il ne doit plus être bien loin, et son sexe durcit alors qu'il imagine les montagnes de métaux précieux qui l'attendent à la source. Intimidés par son sourire carnassier, les marins ne posent plus de questions. Au bout d'un temps – comment compter, si les jours et les nuits passent indistinctement, emportés par la lueur de la rivière – la lumière devient insupportable. Les marins hurlent de douleur. Les moins prudents perdent la vue, les autres se couvrent les yeux en permanence, naviguant sans vision. L'explorateur, dans sa cabine opaque, reste impassible. Il entend une cascade. La moitié des hommes restants, six vivants et voyants, sont envoyés en éclaireurs. L'explorateur attend, attend toujours, attend encore – mais personne ne revient. Alors il part lui-même, les six hommes qui restent avec lui. Il ordonne qu'ils marchent devant lui, l'un derrière l'autre, se protégeant les yeux avec le dos du précédent. L'homme avec la meilleure vue part en premier. Peu de temps après avoir posé pied à terre, un cri fend l'air. Tout le monde se garde bien de lever les yeux, craignant la lumière qui déjà irrigue leurs paupières malgré la protection. Une voix s'élève : Je suis premier, à présent.

C'est le deuxième. Il est lui-même bientôt relevé par le troisième, qui laisse place au quatrième. L'explorateur s'inquiète : il sait que le cinquième voit mal, et le sixième n'a qu'un œil. Bientôt, le cinquième cri retentit, et pour la première fois l'explorateur y prête vraiment attention. Il entend non pas la peur, mais la faim, la forme du désir qu'on laisse à l'animal. Le sixième dit alors : Je suis premier, à présent. Je ne vois pas bien, mais je crois que nous sommes passés derrière la cascade.

L'explorateur veut nier, mais alors qu'il ouvre la bouche il remarque que ses vêtements sont imbibés d'eau.

Mon Dieu, gémit le sixième, et c'est sa dernière parole.

Alors l'explorateur aperçoit, à travers la main dont il couvre ses yeux, un groupe de femmes faites d'or au fond d'une cave. Elles le regardent, leurs yeux noirs comme le monde. Il se sent durcir, son corps s'alourdit. Se souvenant des cris des marins, il se détourne et détale. Il court, court, sans s'arrêter, jusqu'à atteindre le navire. Avant de repartir pour l'Europe, l'explorateur remplit une fiole de l'eau brillante de l'embouchure et l'enroule dans un chiffon blanc.

La légende dit que la vue de l'explorateur fut troublée à tout jamais. Il ne vit plus jamais clair, devint fou, la légende dit qu'il finit sa vie en se frottant contre la fiole exotique, ne pouvant jouir que contre elle.

Adikou se réveille en sursaut, elle demande si elle est à Gorée ou à Lomé ou en chemin pour l'école primaire, je dis qu'on est dans une petite chambre derrière un campus universitaire ghanéen, chez Sinny, qu'elle doit bien s'en rappeler, qu'elle sue comme une dingue, que je la veille depuis des heures. Elle dit que le cauchemar met à nu. Qu'elle a dû rêver qu'elle allait à l'école en culotte, ou qu'elle faisait pipi dans la cour. Elle jure, pourtant, qu'à l'école elle redoublait de précautions. Elle riait de tout, toujours, riait assez pour remplir toutes ces salles qui puaient la tristesse, assez pour construire mille remparts, riait à s'en briser les côtes, à s'en perforer les poumons ; elle dit, Je sais que tu vois l'image, ce n'est pas bien compliqué, une côte qui craque sa pointe qui perfore ce n'est pas bien compliqué alors toi aussi ris, ris donc, on me disait, toi-tu-n'es-pas-noire tu es marron bien élevée marron parle moins fort marron souriante, toi, nous toutes, universelles comme le fond de toile blanc.

En faisant de mon coude une équerre pour son dos, je lui dis que quand même l'universel est un cheval mensonger qui galope de siècle en siècle, bien muni de son membre émoustillé, de sa compréhension-conquête du monde. Elle m'interrompt, Oui, ok, mais c'est pas ça que j'essaie de te dire. À l'école un garçon nommé Élisé est arrivé de l'Afrique, directement, pour de vrai. Élisé est arrivé et j'ai dû forcer de tout mon poids, redoubler de ce rire faux comme une guitare dont on lime les cordes.

Adikou entend encore la graisse de porc couler du rire du petit Jean lorsqu'il prétendait imiter la façon de parler du nouveau venu. Sa tête de fouine qu'Adikou craignait tant s'avance un peu dans le noir de la chambre. Elle entend le silence de la professeure qui nouait ses cheveux en turban et portait des sarouels. En classe, à côté d'Élisé, elle apprend un jour d'hiver qu'à cause de ses larges narines de Noire, on voit pendre ses crottes de nez. Moi, tu vois, elles ne se voient pas, Jean explique. Elle a treize, quatorze ans, et Jean est chef de bande, alors elle en veut à Élisé d'avoir fait ressortir par sa présence l'anomalie de ses traits.

La toile de fond de la France black blanc beur suinte un peu plus chaque été autour de la table des grands-parents et au marché. Elle n'a qu'un grand-père et qu'une grand-mère, un frère, une mère, un demi-père et des demi-frères. Elle a quinze ans, elle est le futur de l'Humanité, et si elle est suffisamment exemplaire, alors elle donnera tort aux racistes, qui s'apercevront de leur méprise, mais pour l'instant le fond de toile refuse de plier alors c'est elle qui s'écroule, et comme le fond de toile est incolore, blanc ou universel, il n'y a pas de langage pour parler de ce qui la tourmente ; et comme contre toute logique le métissage est prestidigitateur et fait disparaître la prétendue poule et son œuf ; et comme le mot *race* s'efface de la Constitution on se dit qu'il s'effacera bien des consciences alors c'est elle qui s'effrite.

Après quelques réveils elle colle son épaule à celle de Sinny et dit qu'elle ne peut pas prendre racine, et Sinny dit oui oui, qu'elle le sait, que ça rêve fort par ici, ça rêve lourd. Je viendrai te voir peut-être à Lomé si tu y restes. Et Adikou dit Oui, et je serai plus légère, promis, et Sinny dit Oui oui et l'aide à faire son sac. Elle dit qu'elle a un ami en France qui vient ici pendant les longues vacances. Les vacances d'été. Demande quand c'est exactement, si Adikou sera encore là.

— Non, je ne pense pas. – Pourquoi ? – Parce que je dois rentrer à la maison un jour ou l'autre. – Et tu rentres quand ? – Je sais pas. – Quand tu auras fini ? – Fini quoi ? – Ce que tu es venue faire.

Elles regardent passer un cafard sur le carrelage de la chambre, un de ces petits qui ne deviennent effrayants que quand ils sont en bande. – Oui, voilà, quand j'aurai fini.

— Quand t'auras trouvé tes oncles aux dents longues et peaux piquantes… Sinny rit, Tu verras, tu finiras vite. Elle attache une chaîne de pierres bleues autour de la taille d'Adikou et la conduit au car. Adikou dit : Et peut-être que je resterai quand même. Elle rapproche sa main du levier de vitesse. Sur le parking Sinny la prend et dit J'espère qu'on se reverra. Elle tourne le visage, puis la clé pour rallumer la voiture.

II.

8.

Elle a trouvé sa petite chambre à Lomé aussi pleine d'air chaud qu'elle l'avait quittée, statique et tendre, comme une trêve. La colocataire était absente et dans la maison encore vide en fin d'après-midi, elle s'est abritée du soleil sur la terrasse nue. Quatre chaises en bois blanc, une table pleine de fourmis attirées par les deux noix de coco de bienvenue, pourrissantes, offertes par le voisin avant qu'elle parte pour Keisa. Le reste se fondait en orange : quelques dalles légèrement orangées formaient un passage dans le sable orange clinquant de la cour, répondant à l'orange sablé des murs. Dans le début de la nuit, des dîners résonnaient depuis les jardins voisins.

Au matin la maison dégageait une lenteur majestueuse, un luxe simple, du temps et du vent qui frôlait ses épaules, faisait voler des pans de sa chemise de nuit. L'air frais soulageait les piqûres à ses pieds et la sécheresse de son vagin. Merci, elle a dit, à personne en particulier, avant de descendre les escaliers dans leur cage sombre. En ouvrant la porte de la cuisine, son pied a manqué de buter contre un lézard mort. Les fourmis s'étaient passé le mot, elles formaient des colonnes pour entamer le cadavre pas encore sec. Amoncelées elles ressemblaient à d'autres animaux, dessinaient, tiens, comme des pinces. Laissaient comme des traces de poison. Adikou a refermé la porte lentement, d'un geste un peu révérencieux. Elle a enfilé un pantalon, marché vers une supérette où elle a pu payer cher des yaourts qu'elle reconnaissait. Au coin de la route, là où il faut tourner à droite pour tomber sur le goudron, elle s'est arrêtée devant le stand de beignets botokoins. La vendeuse portait un voile violet qui tombait le long de son visage à la peau lisse, serti de deux scarifications verticales, une sur chaque joue. Un homme en train de petit-déjeuner sur un banc tenait son enfant assis sur son coude. Son sourire a fendu l'air jusqu'à Adikou quand l'homme a dit, Tu ne vas pas goûter la bouillie ? Alors elle a demandé de la bouillie, un peu, pour 25 francs. Elle a observé une cliente qui s'éloignait, poche à la bouche, pour reproduire ses gestes : arracher un coin du plastique avec les dents, cracher le bout, puis replacer ses lèvres sur l'ouverture glissante, appuyer un peu et commencer à téter. Adikou est repartie vers la maison, le liquide épais coulait dans sa bouche, trop chaud, avec de temps en temps quelques grumeaux.

Elle a senti un goût piquant, neutre et sourd qui s'estompait dans la gorge, puis tout à coup le sucre qui s'était amoncelé dans un des coins de la poche est venu exploser entre ses joues. Elle a aspiré un peu plus fort puis replié la poche, qui pendait à présent, vide, et l'a jetée dans le sac plastique qui, à l'entrée de sa chambre, lui servait de poubelle. Sa bouche encore chaude mâchait les trois botokoins huileux. Des bruits de culte ont résonné. Adikou s'est appuyée contre la balustrade devant la chambre et a regardé au loin. Tout était immobile. Pourtant les chants continuaient de plus belle, les cris aussi. Seul le plus haut des palmiers, celui du chantier à côté de la maison, s'agitait contre le fond de l'air.

Le lendemain il a fallu attendre que la vendeuse vienne s'installer. Adikou avait trop dormi. Au fur et à mesure du jour, assise devant la porte de sa chambre, elle s'est mise à cataloguer ce qu'elle distinguait, la manière dont les contours se remplissaient, l'air alourdi, les paroles qui montaient depuis le champ voisin, la sensation d'un matin exotique donnant à croire que tout est possible.

En bas, le penseur martiniquais Frantz Fanon a arrêté sa moto et fait claquer le portail en fer. Rien à faire, il a dit en s'écrasant sur le carrelage de la terrasse, je suis un Blanc. Il s'est adossé au mur en crépi, soulevant de la poussière orange. Rien à faire, Adikou a répondu, moi aussi, mais il s'en fichait et a poursuivi : Or, inconsciemment, je me méfie de ce qui est noir en moi. Adikou a dit qu'elle comprenait et commencé à lui parler de cette part d'elle qui prenait toute la place. Elle a dit qu'elle tentait pourtant de décrire la route qui mène des usines et salles des fêtes du nord de la France aux étés longs sur la côte Atlantique, de parler de son enfance, des fougères et de la grenadine, Oui mais non mais vraiment, on lui demandait, quand même, tu viens d'où ?

Le penseur algérien Frantz Fanon n'aime pas qu'on l'interrompe. Il reprend sa phrase l'air contrit. Or, inconsciemment, je me méfie de ce qui est noir en moi, il dit, c'est-à-dire la totalité de mon être. Adikou a dépeint les marécages de Louisiane et ceux du Sine Saloum, et puis la photo de la grand-mère bleue qui était lointaine et des racines aériennes qui libèrent les pieds mais cognent la tête, elle décrivait tout ça au phare arrière de la moto de Frantz Fanon, encore longtemps après l'avoir perdu de vue.

Alors elle a longé le chemin de terre jusqu'à la vendeuse de botokoins en disant, Rien à faire, rien à faire, et la vendeuse de botokoins lui a souri pour la première fois. En plongeant son filet de métal dans l'huile bouillante elle a demandé son prénom, deux fois, à Adikou ; la première fois elle n'avait pas compris. C'est un prénom togolais, Adikou a dit, mon père est d'ici, Adikui, Adikui ? Elle avait dit son nom plusieurs fois, en changeant de grimaces et d'humeur au cas où l'intonation juste tomberait par hasard. Le père lui avait dit que c'était un nom de perle, et de première fille. Mais la vendeuse de botokoins, elle, disait que ce nom n'existait pas avec un regard riant dont coulaient des perles de pitié, ou des lames de dédain. Une vieille passante couverte de tissus aux couleurs chaudes s'était arrêtée pour la saluer. La vendeuse l'a prise à témoin, c'est quoi, Adikou ? Comment ça, son prénom ? Elle dit que c'est d'ici ? Et que ça veut dire quoi ? Non, on connaît pas. On connaît pas, petite, ça veut rien dire du tout. Demande donc à ton père. Oh, il faut le consulter. Il s'est cru malin, à te raconter des histoires. Il ne peut pas être questionné ? Son gros crâne lisse est secret, ah.

Adikou a ri de son lourd bruit d'enfant. Elle a claqué ses flips-flops contre la terre du chemin, mangé goulue sa bouillie. Et elle est rentrée dans sa petite chambre de la grande maison.

Des journées entières elle a passé couchée au cœur du courant d'air entre la salle de bains et la porte de la chambre, à suer avec un air tranquille. Elle semblait follement gaie. Je l'appelais Adikou l'insomnie quand elle se tournait dans tous les sens. Elle rigolait en imitant la vendeuse de beignets, disait : Adikou n'existe pas, c'est quoi ce drôle de prénom qu'un père a rapporté d'un Togo imaginaire, c'est quoi ce son si complexe à localiser ? Et moi, rompue à l'exercice, je répondais : C'est celui qui fait ouvrir les lèvres comme pour un baiser, claquer la langue dans un élan vital, puis se resserrer la gorge.

Je lui demandais quand même ce qu'on attendait, comme ça ; elle disait, La fraîcheur. Alors on attendait, moi allongée sur un pan de terrasse et elle sur un autre, en prenant garde à pas nous donner chaud. Elle dormait enroulée dans le drap mouillé, moi écarquillée sur le matelas, les extrémités en suspens dans la moustiquaire. Un matin, en regardant la piste de terre elle a dit, En fait toi tu préférerais que j'arrête, non, de nous balader, de nous étirer comme un chewing-gum ou comme une migration ; et moi j'ai répondu à moitié en blaguant De toute façon qui suis-je, rien que votre aimable serviteuse, j'attends quand faut attendre, j'y vais quand faut y aller, et comme une migration quand je me déplace je m'étends.

Il fallait qu'elle aille enfin se faire tresser, pour arrêter de suer sous le soleil sec, et surtout pour avoir l'air d'une vraie Africaine, c'est Émilie qui a dit ça, la serveuse de Chez Leonel. C'était le troisième soir d'affilé qu'Adikou y venait – elle avait mis une semaine à repérer le restaurant sombre, tout en longueur, qui se déployait derrière une porte étroite au bord du goudron. En lui apportant un riz garni de petits pois et de morceaux tendres de bœuf, Émilie avait dit ça, Pour avoir l'air d'une vraie Africaine. Avec Émilie, elles avaient vite été à l'aise. Quand un client qui s'attardait devant la télé, sous la clim, s'essuyait du revers du poignet la sauce huileuse autour de sa bouche, et demandait pour la troisième fois à Adikou si elle était mariée, Émilie disait Ça suffit, en rigolant pour ne fâcher personne, de manière irrévocable quand même. Elle était à peine plus vieille, Émilie, elle n'avait pas dit son âge quand elle s'était présentée, peut-être vingt-trois ans, vingt-cinq, pas plus. Adikou l'avait complimentée sur ses tresses. Elle avait envie, elle aussi, d'avoir des tresses comme celles-là, symétriques à la source et qui dévalent en cascade le long des épaules. Elle avait aimé le naturel avec lequel Émilie l'avait remerciée, la manière dont elle avait secoué la tête à gauche, puis à droite en se mordant la langue, les lèvres entrouvertes, le manque de modestie de ces gestes. Émilie souriait comme s'il ne fallait pas, pour dire le crépu des cheveux, distordre la bouche pour signifier pas droit. Adikou avait pensé à sa mère qui déjà chantait, avec amour et persistance, des comptines sur ses beaux cheveux, alors qu'Adikou se passionnait pour les emballages des défrisants BaByliss Kids. Au collège parfois son élastique lâchait. Parfois sa mèche lissée chaque matin au fer prenait l'eau. Le cheveu difficile se hérissait alors en libre accès. Chaque matin devant la glace elle contemplait ce nez encore un peu large ces lèvres encore un peu pleines cette moustache encore un peu sombre cette touffe encore un peu rebelle, ce cheveu compliqué (mais doux si doux à y mettre les mains, à s'en servir comme oreiller, à en remplir à l'en crever un édredon tout blanc, ou blanc de blanc, ou blanc de soie blanche, ou blanc de coton blanc).

— Je peux t'emmener, si tu veux.

Les grands yeux noirs d'Émilie, dans les siens.

— Chez la tresseuse. Après-demain ?

Salon Beauté en lettres mauves sous lesquelles on reconnaît les rainures du bois. Les roues de la moto arrêtées, prises dans le sable. La moiteur de ses cuisses contre celles d'Émilie juste avant qu'Adikou ne se lève. Elle a dit que c'était la première fois qu'elle montait à trois sur une moto et Émilie a ri en mettant la main devant sa bouche, la paume vers Adikou, pas vers sa bouche.

La cour est nue mis à part un arbre aux racines épaisses et exposées, une chaise en plastique orange et un tabouret assorti. Une jeune femme sort de la petite maison au fond de la cour, suivie de deux enfants. Émilie explique et marchande alors que la coiffeuse fixe les cheveux d'Adikou en hochant la tête.

— Il faut que tu défasses tes cheveux, pour qu'elle puisse voir si tu en as beaucoup. C'est pour savoir combien de temps ça va durer.

Adikou n'arrive pas à savoir si elles rient de son air gêné ou de ses cheveux qui gardent la forme de l'élastique, tendus en arrière.

— C'est bon. On peut revenir dans trente minutes.

Émilie est déjà en train de marcher vers la moto. Le chauffeur les attend.

— Maintenant on va aller chez ma tante, elle habite à côté. C'est elle qui va te vendre les mèches. Elle a du tissu aussi, si tu veux.

L'entrée de l'imposante maison est masquée par un étroit atelier de couture. Le cognement régulier de l'aiguille est emporté par le vent du matin, encore frais, qui fait bruisser les feuilles d'un arbre au tronc gris, épais et sec. En dessous, un homme compact est couché à plat ventre sur sa moto en équilibre, l'air tranquille. Émilie le salue et le présente comme son oncle, avant de pousser une porte métallique qui claque bruyamment derrière elles. Une enfilade de tongs en rangée devant la baie vitrée qui mène au salon. Une femme épaisse et musclée les accueille et fait signe à Adikou de garder ses chaussures. Elle la fait asseoir sur une des trois chaises, elles aussi en rang, contre le mur. Au-dessus de sa tête et sur les murs opposés sont pendus des portraits photo, certainement des membres de la famille. Elle suit Émilie du regard à travers la pièce. Une dizaine de personnes discutent ou regardent la télé, Émilie fait la bise, rigole, assène une pichenette. De temps en temps, elle se tourne vers Adikou, indique sa sœur, son frère, son oncle. Adikou répète : Enchantée, enchantée, enchantée. Merci, merci, merci. La première tante revient avec les pagnes et les mèches, qu'Adikou choisit avec soin, puis offre un sirop, sans eau, avec quelques glaçons.

Un homme grand, dont on devine que le corps lisse et dynamique doit masquer un âge plus avancé qu'il n'y paraît, entre dans le salon et lance avec un accent parisien :

— Miss, tu parles pas l'éwé non ? Oh, tout le monde, faut parler français, c'est pas cool, la miss comprend pas sinon.

Adikou amorce des excuses. Il l'interrompt.

— Tu viens d'où ?

Elle dit Paris, par réflexe, et puis, Franco-Togolaise, dit que le père est d'ici.

Une autre femme, qu'elle n'avait pas remarquée, s'exclame.

— Aaaah. La Togolaise !

Elle s'approche d'Adikou d'un pas lent et grave qui contraste avec son rire, ses courtes dents blanches et son crâne rasé. Adikou rit aussi, tente de déceler une moquerie dans sa voix. La femme explique qu'elle vit en France, son fils – elle fait un geste vers l'homme à l'accent parisien – et ses petits-enfants aussi. Ils parlent tous l'éwé. Sans maladresses, ni fautes ! Mais les pères là... Elle laisse la phrase en suspens, puis se ravise, insiste.

— Il faut que ton père t'apprenne.

— C'est pas trop possible.

— Alors il faut apprendre autrement.

— Oui.

— Ton père est où ?

— Je ne sais pas bien.

— Qu'il fuie en paix.

En s'asseyant devant Adikou, elle ajoute une phrase en éwé. Les autres rient. Adikou sourit sans grâce. Émilie traduit :

— Elle dit qu'elle, elle va t'apprendre.

Ensuite Émilie plonge dans une histoire qui est peut-être, vu la gestuelle, celle de leur rencontre. Adikou reste assise contre le mur, silencieuse. Le sucre du sirop colle au fond de sa gorge. Elle réprime une toux et l'envie de demander à la grand-tante comment on demande pardon, comment on négocie avec la douleur, comment on prononce soulagement, et même d'autres sortilèges. Au lieu de quoi elle cogne ses dents contre le rebord du verre, puis imite Émilie qui le fait tourner dans un cliquetis de glace. À la télé, des clips vidéo BBlack s'enchaînent avec des jingles I am African people. Adikou fourre les mèches dans le sac en plastique noir qu'ouvre la tante. Elle attend qu'Émilie donne le signal de départ.

Salon Beauté en lettres mauves. Dans cette cour, quelque part en banlieue de Lomé, une petite fille joue et agite en spectacle sa tête couverte d'élastiques multicolores. De longues tresses commencent à couler des épaules d'Adikou qui demande Pas trop serré, comme quand enfant elle hurlait par avance en pensant aux nuits sans sommeil, à la peau du crâne qui tire et qui gratte. Elle doit être trop grande maintenant pour avoir peur des tantes dans les salons parisiens où la télé marche trop fort, où les odeurs de nourriture se mêlent à celles des mayonnaises pour cheveux. Le père l'avait emmenée, la première fois, avec un ami qui avait mangé tout le poisson, même les yeux, avec les mains, dans un petit restaurant à Château-Rouge, et elle avait conclu que tout ça ne valait pas les longs cheveux de Beyoncé. De toute façon, c'était jamais aussi soyeux que des vrais cheveux lisses. De toute façon, on n'est jamais trop grande pour loucher chaque matin devant la glace d'un œil-colon, l'autre patriarche ; pour regarder parfois avec une méfiance soudaine une coupe afro, à la mode en métropole à présent, tant qu'elle n'est ni politique ni portée au travail, tant que c'est des boucles bien dessinées légères et propres sur peau claire ; jamais trop grande pour faire tous les efforts, laisser les mains sales toucher la couronne oui ; pour ne jamais dire non toujours oui puis pour presser tirer glisser griller ses mèches entre les plaques chaudes comme fer du fer à lisser chaud qui parfois prend l'oreille et flétrit bien tout ça, à la bonne heure oui, à la bonne heure.

Depuis qu'Émilie est repartie travailler, elle n'échange avec la coiffeuse que des sourires gênés, et de temps en temps un petit miroir. Bientôt les longues tresses viennent alourdir ses épaules et raidissent sa nuque. Adikou remercie et sort, se perd et prend un zémidjan pour rentrer. Sous son casque les tresses tirent.

En fin d'après-midi elle ressort, déter, avec sa nouvelle tête. Ses pieds martèlent un rythme alternant pavés et terre battue, un rythme qui gronde comme un tonnerre à l'approche, le mouvement de ses fesses cogne à contretemps son sac contre sa hanche. Elle fixe un point sur la route devant elle, refuse les regards questions, les intrigués, les charmeurs.

À la pharmacie elle demande un répulsif contre les moustiques. La climatisation est en marche et le froid colle à la sueur de sa peau. L'une des femmes derrière le comptoir lui tend la petite bouteille noire et dit, cinq mille francs, en insistant sur le cinq.

Adikou demande s'il n'y en a pas un moins cher. La pharmacienne se tourne vers l'homme à sa gauche, qui dit quelque chose en éwé. Elle sort un produit d'une vitrine et le lui montre de loin : Celui-ci, c'est 100 francs. Elle dit qu'alors c'est celui-là qu'elle va prendre. Elle attrape le produit, le sent avec un air expert en s'avançant vers la caisse. Ça suffira. Il a juste l'air de piquer au nez comme de l'anti-moustique, et je ricane, On fait dans le local maintenant ? Je la sens vexée et ça me met un peu en rogne, je dis Quoi, ça te fait chier d'être une touriste, une riche comme une autre ? C'est quoi, t'es outrée d'être une plage et de prendre l'eau ?

— Vous êtes togolaise, la pharmacienne, qui ne se doute de rien, demande sans point d'interrogation.

— À moitié, Adikou dit, enfin, mon père est togolais. Ma mère est française.

— Togolaise ah, quelle famille ?

— Euh, Eko... Ekola, elle bafouille son nom.

— Ah, ah bon, ah alors non, c'est parce que je connais une famille qui vous ressemble beaucoup, je pensais que vous en faisiez partie.

Déjà désintéressée, la vendeuse glisse le produit dans une poche et la lui tend. Adikou marmonne Ah bon, mais qui, où, et je leur ressemble ? Et vous pensiez que j'en faisais partie ?

Ça serre quand même un peu le cœur, de la voir ainsi crever de faim, enfant gâtée qui avale en pensée de la nourriture pour *aliens*. En sortant de la pharmacie elle court presque, lourde, on dirait qu'elle veut défoncer le sol avec ses claquettes, mais on dirait surtout qu'elle va se faire mal. De but en blanc elle dit que c'est comme marcher seule, si je la suis de si loin. Elle dit : Tu comprends ce que je veux dire ? J'ai déjà marché seule, je parle de la quantité d'énergie déployée à cet effet à chaque pas, ce n'est pas une force mais un poids – elle s'essouffle –, seule, pour moi, c'est sans la moitié de moi, c'est la somme des efforts pour n'être qu'une jolie petite universelle, jamais suspectée d'avoir été adoptée, qui n'aurait jamais tremblé qu'on découvre ce qu'il y avait derrière son bronzage. Pour moi seule c'est ici, seule avec mon statut instantanément révoqué d'enfant du pays. Tu comprends, maintenant ?

Comme à force de manquer d'air sa gorge s'est nouée. Je la rattrape, m'enroule autour d'elle d'un geste de koala, la serre comme un guépard, la rejoins comme si on était mille fourmis.

Une fois rentrées à la chambre j'embrasse les rainures sur la peau molle de ses cuisses. Je sais que la nuit, d'une main distraite, elle y a taillé des talismans, a gravé jusqu'à l'appendice : maternité marguerite, enfance bourgeoise, études grandes et exclusives, quelques mises à mort sur l'autel du cœur, sacrifices réguliers au dieu de la pureté. Elle dit : J'ai pas besoin que tu racontes tu sais, je suis venue pour enterrer.

Ensuite elle enfonce le bas de son dos dans le matelas, déplie ses jambes contre le mur, pose sur son ventre le carnet de vocabulaire, et elle commence à descendre une histoire dans la fosse : Imagine le père, dans un bar-tabac de banlieue parisienne. Il dit à voix haute son code de carte bleue en éwé, mon frère écarquille les yeux et moi je proteste. Il fait semblant de vouloir nous rassurer, Personne ne comprend, il dit, Y a aucune chance. Vous inquiétez pas. Il est mort de rire. Le code commence par déka.

Ce soir, depuis les coins de la chambre, les mains noires et ridées de la grand-mère s'allongent en direction d'Adikou, qui sort lui demander pardon en touchant sa terre de ses pieds nus, dans la cour. Elle dit qu'elle a vrillé dans tous les sens, qu'elle va pas tarder à passer là où est sa grand-mère, elle dit que quand elle saura parler, elle lui lira des poèmes. Que pour l'instant, il faut la laisser enrager en paix. Elle se fâche contre je ne sais qui, vomit : Le temps de la poésie a volé en éclats – vautrez-vous dedans. Elle repart dans ses diatribes, ça donne la nausée de la suivre. Elle dit :

— On me demande d'où je viens, encore et encore. J'ai beau dire que c'est ennuyeux comme question et que je m'en fous, personne me croit. Comme je veux pas répondre, on va chercher dans mon porte-monnaie la carte d'identité qui dévoile le nom du père avant moi. Je dis métisse, mélange non pas de races – là Adikou marque une pause, pour qu'on comprenne bien qu'elle sait que ça n'existe pas, puis poursuit – mais de vies, de classes, métisse non plus comme peau mêlée, comme peau toujours insuffisante, métisse qui donne bonne conscience, valide les idéaux de sociétés aveugles aux couleurs mais qui glorifient les sangs mêlés et, ce faisant, se trahissent de voir et d'avoir vu cinq cents ans durant les gouttes se fondre se confondre peu importe les modalités et des enfants cachés des enfants mêlés ont fait des expériences et des affirmations. Celui qui glorifie la métisse est-il aussi malade que celui qui la hait ?

Adikou laisse venir la nuit. Quand elle s'ennuie elle passe et repasse comme une chienne devant la porte de la colocataire. La télévision résonne dans la petite chambre. Adikou se penche contre la balustrade pour fumer une cigarette en faisant plus de bruit que nécessaire. La colocataire ne sort pas. D'en haut Adikou jette la cigarette dans le sable, puis elle descend la ramasser. Les pieds dans l'orange qu'on devine malgré la nuit, elle ferme les yeux, retient sa respiration. Rien dans ses oreilles ne vient troubler le grondement de l'océan qui au loin remue. Quand elle ouvre les yeux, les étoiles tournent au-dessus de sa tête. Elle se tient courbée sous ces ornements millénaires.

Adikou dit que ça l'exaspère, mes trucs kitsch là, vraiment. Elle regarde ailleurs. Dans les respirations saccadées qui suivent, elle dit des mots mauvais à l'encontre de l'histoire, dit que je lui fais honte à la raconter comme ça. Elle lape lentement des grandes quantités du vent frais. Elle s'adoucit et puis ses yeux redeviennent pleins d'une mauvaise lune. Elle dit qu'elle inspire le même air que le père a inspiré ici et qu'il a voulu expirer de toutes ses forces. C'est dans cet air-là que son nom est devenu dangereux, au fur et à mesure de ses révoltes.

La respiration d'Adikou est lourde. Elle dit : C'est d'ici qu'il a fui ; et toi, tu te la joues poétesse.

Dans les moments où ses yeux changent de couleur elle répète doucement puis fort, Midyo, midyo, partons.

9.

N'empêche que le jour d'après, elle était bien lunée. Elle a fait sauter ses nouveaux cheveux sur ses larges épaules et ça m'a donné le sourire de la voir si fière. Quand le professeur a appelé, la nuit étoilée semblait loin et on gloussait comme des gamines. Ses tranquilles réprimandes ont coulé douces douces du téléphone. Le professeur a dit, Préviens-moi, la prochaine fois, avant d'empoigner ton argent et ton passeport bordeaux pour faire des tours et des retours. Ou au moins, préviens-moi quand tu reviens. Adikou a ri, elle était enivrée de sa propre insolence. Tourner en rond, c'est ce que fait l'océan, et nous, on fait les angles du triangle et c'est normal comme la marée, elle récitait le menton levé vers le téléphone en haut-parleur. Elle n'a retrouvé son sérieux que pour dire Oui, devant la Poste à midi, d'accord.

Ensuite elle a guetté les bruits dans la chambre voisine, étonnée d'en entendre vu l'heure tardive.

La colocataire finit par sortir, Bonjour, elle dit après un sourire, et elle s'attarde, regarde au-dessus de la nouvelle tête d'Adikou : J'espère que ça tire pas trop, tu as pu dormir ? Et puis scrute sa nuque raide : J'ai du baume, attends, je vais chercher ça.

Elle rouvre la porte de sa chambre et fouille dans son sac rangé. C'est agréable, le bruit de ses mains précautionneuses.

— Tiens. Ça fait pas de miracle, mais ça soulage. Moi, j'évite les tresses collées comme ça. Je suis trop sensible. Je préfère les vanilles. C'est bien les vanilles. C'est la base.

Au fur et à mesure c'est comme si elle réalisait qu'elle parle à une inconnue. Elle demande : Au fait, ça se passe bien, ces premières semaines ? Et encore : Tu vas rester longtemps ici ? Comme Adikou se rogne un peu les dents en cherchant à répondre, elle dit : Moi, ça fait trois mois que je suis là. Je travaille à l'organisation d'un marathon. Je te réveille pas le matin, j'espère. Le soir je suis vite claquée, je regarde la télé, ici ou chez le voisin. Il m'a dit qu'il t'avait apporté des noix de coco. C'est bien. Heureusement qu'il te les a ouvertes, tu aurais eu du mal, sans machette. Bon, je dois y aller mais si tu veux, on pourra aller boire un jus à la buvette, un après-midi où je rentre tôt.

Elle resserre son sac contre son épaule, prête à partir. Adikou se rappelle la formule d'ici, qu'elle n'a pas encore osé employer, elle dit :

— Merci, Julie. On est ensemble.

Julie sourit et s'en va. C'est peut-être un sourire gêné, ce serait pas trop étonnant qu'on veuille secouer de soi le grincement de cette salutation gauche. Adikou, allongée sous les pales du ventilateur qui continue de peiner, ronchonne, Tu me fais passer pour une conne.

Comme il est trop tôt pour attendre sur les marches brûlantes de la Poste, Adikou s'est arrêtée à la bibliothèque française et demande comment faire une carte de lectrice. Petit derrière sa vitre, l'homme à l'accueil parle fort pour couvrir le bruit d'une vieille clim : Vous vivez ici ? Elle croit qu'il la menace : Oui, enfin, pour l'instant.

L'homme demande des documents. Il découpe sa photo d'identité et la fixe avec un trombone aux autres papiers, puis l'observe encore, les yeux plissés. Du bout du pouce, du mouvement qui enlève le cil de la joue, il décale le trombone pour lire le nom sur le formulaire : Vous avez été au village ?

Son regard est perçant : Je pense que j'ai connu votre père. On organisait… Il s'arrête : Vous lui ressemblez beaucoup. Les traits… c'est frappant.

Elle regarde derrière elle en espérant voir quelque chose qui puisse interrompre l'étrange silence.

Vous êtes vraiment sa fille ?

Elle dit oui et il sourit droit dans ses yeux. C'est bien, c'est bien, il murmure alors qu'elle s'échappe vers les rangées de livres ; lui continue, C'est bien, c'est bien.

Je peux pas raconter ça, je lui dis. C'est beaucoup trop facile, on arrive au cœur du livre et un bibliothécaire reconnaît le nom de ton père et ses traits sur toi. C'est bon alors, tu viens d'ici, on a la réponse à ton énigme ? Non, pas de Lomé. Tu viens d'ici, de la bibliothèque française où, dans une version ancienne de la vie, le père est peut-être lui-même venu prendre des mots. C'est bien, c'est bien ici que tu es née, dans la bibliothèque française où il a lu les mêmes livres que ta mère.

Adikou fixe le linoleum couleur d'école primaire et je dis comme d'autres allument la mèche du cocktail que sans violence, sans colonie, sans école aliénée, son père n'aurait pas été en français, puis en exil, puis en France. Adikou dit qu'elle ne croit pas aux bienfaits du pillage qui transforme la terre en mine et l'humain en muscles ; et moi, je sais pas ce qui me prend, je hennis, Alors ? Sans violence sans colonie sans l'école aliénée toi tu n'existerais pas.

Alors, elle dit, mon corps est une erreur en soi. En sortant elle bute contre une chaise en métal jaune qui racle le lino.

Midi, à la Grande Poste, le soleil tape contre sa peau tiède, alourdit son crâne. Le professeur est déjà là, il attend à l'ombre et la conduit à travers un quartier qu'elle voit pour la première fois. Dans le guide touristique, il est déconseillé aux touristes : lieu traditionnel de départ des manifestations de l'opposition.

— Si tu veux lancer un quelconque mouvement ici, tu as intérêt à avoir ce quartier derrière toi. Un quartier immense, tu vois les cases derrière encore, au bout des rues ? Quand ce monde-là sort vers l'artère principale...

Adikou tourne la tête pour suivre une vendeuse d'ananas, un stand de tissus, une ruelle qui s'enfonce plus loin que la vue. Il y a une excitation à traverser ces rues pleines de têtes hautes.

— Les filles de Bè sont connues à Lomé, ce sont celles qui fument et qui fréquentent beaucoup et qui boivent du sodabi.

Il rigole aigu et doux. La voiture trace toujours plus vers le nord, au-delà de l'université, de l'ambassade américaine, des quartiers résidentiels chic pour politiciens et expatriés. L'ambassade est métallique et mauvaise, monstre de ferraille isolé au milieu d'un jardin. Sur des kilomètres la voiture longe le mur d'enceinte de l'université. Le professeur dit les champs, les habitations, les paysans dépossédés sans dédommagement. Il parle du père, de celui qu'il a eu pour ami, et à chaque nouveau récit Adikou s'accroche comme si elle craignait que les histoires se ravisent, se rendent compte qu'elles ne lui reviennent pas.

Arrivés chez lui, ils garent la voiture dans un abri, traversent un jardin ombragé aux herbes hautes. Le professeur lui fait signe de l'accompagner dans la petite cuisine. Aux murs, des portraits de ses parents, de son fils, des maximes et extraits de la Bible sont encadrés en doré. Des plats couverts sont posés sur la table, ceux qu'on trouve partout ici, des grands récipients en plastique épais, avec des couvercles que le professeur lève les uns après les autres. Akoumé, il dit en indiquant la pâte.

— Et la sauce là, c'est au gombo. La salade, c'est en hors-d'œuvre. Mais avant ça, on peut manger quelques amuse-bouches à l'apéritif.

Il entame un paquet de chips, un de cacahuètes, sort une bière et des sodas qu'il dispose sur un plateau et fait signe à Adikou de l'apporter à table. Elle pousse du coude la moustiquaire qui mène vers la cour. Elle s'assied sur une des deux chaises, à l'ombre des arbres parsemés, et ouvre une canette. Le professeur commence à raconter, là, derrière les arbres, la silhouette du père avant qu'elle ne s'arrache, emporte son nom devenu traqué vers un exil incertain. Il ne semble pas lui en vouloir de réveiller les fantômes. Il avale une poignée de cacahuètes :

Tu sais, au Ghana. Tu as bien été à Keisa, la lagune sur la côte, à la frontière, pas vrai ?

Il lève les yeux vers Adikou alors elle comprend que ce n'est pas une question rhétorique. En un instant quelques images lui reviennent en tête, de sa nuit à Keisa, dans l'hôtel en béton, et des allers-retours dans le couloir et dans sa tête. Elle repense à l'étendue marécageuse, quelque part sur la lagune, cette étrange terre volée à la mer, qui ne promet rien du tout aux humains et qui, différente à chaque regard, dit que rien ne dure et que rien n'est moins sûr que nous. Le professeur attend toujours sa réponse, Adikou dit un oui aigu comme une question.

— Ton père aussi. Ton père avait fait la même chose. Il était à peine plus vieux que toi, il avait peut-être vingt-deux ou vingt-trois ans. Et comme toi il cherchait les origines de la famille, de la lignée, et comme toi à travers elle son père, que comme toi il n'avait pas beaucoup connu, tu sais ça, même si les choses sont différentes.

Elle ne sait pas. Elle ne l'interrompt pas.

— Avant toi il a passé la frontière, cette frontière de carton avec ses officiers ghanéens qui parlent un anglais malicieux et sourient à pleines dents. Il est arrivé à Keisa et il a été déçu – toi aussi, on dirait. Mais lui, il a interrogé, en éwé, il a répété le nom de votre famille, et alors, à force, on l'a mené à un vieillard qui connaissait votre histoire. C'était à

Keisa-Dafako, un autre village, tu n'aurais pas trouvé par toi-même. Ce n'est pas grave, ma fille, je te dis ça pour que tu saches que c'est pas que ton affaire, ce que tu fais là.

Il rit bonhomme. Adikou force un sourire. Ne répond d'abord rien, puis, sèchement :

— Ce serait juste plus simple s'il avait pu me dire ces choses-là.

— Plus simple, mais tu aurais quand même voulu le faire par toi-même.

— Je pense pas.

Adikou attrape la canette qu'elle serre un peu.

— Je pense que je me serais assise à un endroit qu'il m'aurait indiqué, que j'aurais regardé se courber les branches d'un arbre et que j'aurais dit, c'est bon. Ensuite j'aurais peu bougé, un peu de droite à gauche, mais pas en courant, un peu de gauche à droite, mais posé, vous voyez ce que je veux dire ? Sans passer d'un départ au prochain.

Le professeur doit être un peu agacé. Il parle lentement.

— Adikui. Tu es allée à la frontière, n'est-ce pas ?

Elle hoche la tête.

— Et as-tu senti, Adikui, que comme toutes les frontières, elle tourne en rond ?

— Je sais pas.

— Eh bien, tes filatures tournent en rond, n'est-ce pas ?

— J'en sais rien.

— Ou peut-être est-ce une spirale.

Un morceau collant de la pâte qu'il s'est enfoncé dans la bouche reste au coin de sa moustache.

— Tu vois, les gens d'ici sont des lits de rivière, et toi aussi.

— Pourtant, je me sens très, très sèche.

— Bien sûr tu te sens sèche. Tu as couru pendant longtemps.

— Bien sûr.

— Et nous tous aussi.

— Et nous toutes aussi.

— Sans vouloir être trop professoral, dit le professeur en gloussant dans sa moustache maintenant, ainsi que dans une partie de son ventre qui semble rentrée, plus proche de la colonne vertébrale, Le lit de la rivière a tendance à s'assécher, lui aussi, avant le retour des eaux de la saison.

— Vous pensez que je peux tenir ?

— Hein ? demande le professeur en se penchant, et la pâte de sa moustache bouge tandis que son sourire s'élargit : Tu as dit quoi ?

— Vous pensez que le lit de la rivière s'alanguit du retour de l'eau ?

— Adikui, le professeur souffle, Tu es vraiment la fille de ton père.

Son visage s'attriste, non, se dégonfle, il verse le Coca-Cola tiède dans le verre d'Adikou, pose la canette sur le plateau, et se dirige vers la maison.

Elle prend le plateau et le suit à travers le rideau de perles. Le professeur met un disque qui fait

Because I always feel like running
Not away, because there is no such place
Because, if there was I would have found it by now

Adikou écoute, en frottant jusqu'à ce que ça brûle la fine peau entre son pouce et son index, la voix expliquer qu'il vaut mieux courir, courir dans le sens inverse de celui des autres, puisque d'autres appelleront courir ce qu'on aura nommé notre vie. Entre ses doigts la brûlure devient insupportable.

Because running makes me look like everyone else
Not running for cover
Because if I knew where cover was
I would stay there and never have to run for it.

Elle avale une poignée de cacahuètes restées sur la table de la cuisine. Ensuite elle a un mouvement brusque vers le professeur qui ne le remarque pas.

— Et si j'ai plus envie d'attendre ?

Il se retourne avec sa grande lenteur qu'elle a comme une envie de faire culbuter. Elle défie :

— Et si j'ai envie que ça s'arrête, ces frontières qui me rient au nez ? Si j'ai envie d'être chez moi ?

— Mais, ma fille, tu es de différentes cultures, tu es chez toi partout…

— Putain mais

Elle marque une pause.

— C'est tellement creux, ces histoires soit de malaise de l'entre-deux, soit de citoyenne du monde.

Sa voix se calme d'un coup, comme si elle avait changé de sujet :

— Mais pas le choix. En France on m'interroge et ici on m'appelle yovo, et mon origine la plus juste, c'est peut-être quand même le vide. Le nulle-part.

— Ça n'existe pas ça, venir de nulle part. Tu n'as pas pu sortir du néant. Pour les autres, peut-être, tu viens de nulle part… Mais ça, ce n'est pas important. Pour toi, c'est impossible. Tu viens de quelque part. Yovo, yovo ça n'est pas important. Ou plutôt, c'est un questionnement qui ne te concerne pas, puisque toi tu sais pourquoi tu es là.

Il a dit ça comme une parole qui s'adresse au centre de l'être, comme une parole qui n'en aurait rien eu à faire des oreilles, du cynisme et du bon sens, comme celle qui sait qu'elle est triviale, dont la force n'est pas dans la manière qu'a la ribambelle de couler, dont le but n'est pas de porter la surprise.

— Et cette nation-ci, tu comprends, elle n'existe pas non plus…

Il a le ton gai, soudain, d'un vendeur de braderie.

— C'est une invention, des traits de crayon à la verticale qui érigent des check points vides de sens entre nos trajets depuis toujours horizontaux, alors cette nation, tu comprends, faut pas te laisser perturber, hein. Vaut mieux penser à ce qui défie les cartes.

Par politesse elle acquiesce.

Quand tout est débarrassé Adikou demande au professeur si elle peut voir l'université. Il a l'air de se réjouir. Le garage n'a pas entamé l'odeur chaude de la voiture. Le professeur met le contact et le moteur démarre péniblement. Il marmonne des instructions et commentaires en faisant marche arrière. On entre dans le campus universitaire par une porte large et majestueuse, prolongée par une longue allée bétonnée. Au loin, l'allée fait un virage. Devant, des joueurs de foot s'agitent sur un terrain.

— Eh oui, c'est là que nous venions taper dans le ballon, à l'époque.

Le rire du professeur est si fort qu'il emporte avec lui la drôle de nostalgie qui pointe. Il l'entraîne vers l'entrée du bâtiment, puis le long d'un couloir ponctué de portes, que les halogènes ne parviennent pas à éclairer. Le sol en béton gris foncé est craquelé et couvert de poussière de sable. Les murs sont maigrement décorés de panneaux d'affichage, listes d'inscription ou petites annonces. Le père serait là, étudiant aux bras lourds de feuilles volantes, assistant à des cours supplémentaires pendant son temps libre. Adikou le salue et l'y laisse. Elle remonte dans la voiture en direction de la plage. La lumière a commencé à rosir et fait briller les façades des immeubles, la peau de son bras qui doucit. Le cadran de sa montre indique 17:30. C'est encore l'heure de Paris.

— Si on prenait à droite, juste là, on tomberait sur le Ghana.

Le professeur gare la voiture en face d'un des grands bars de la plage. L'air s'est rafraîchi. L'agitation et les cargaisons de marchandise stockées au bord de la route évoquent le poste-frontière.

— Et derrière la frontière… nos cousins.

Il répète, secouant la tête, nos cousins, puis s'avance vers une des tables en plastique vertes. Adikou le suit, commande comme lui un Coca. Un vendeur vient leur présenter son stock de livres détaillant les méthodes infaillibles pour devenir riche et Adikou observe chacun d'entre eux, fait durer le moment car elle ne voit pas ce qu'elle aura encore à dire au professeur, le temps du Coca.

On va reprendre la voiture, le professeur dit en finissant d'un coup la moitié de la canette, une fois que le vendeur s'est éloigné, Je veux encore te montrer quelque chose. Pendant tout ce temps, Adikou a gardé entre ses doigts collants le petit sachet d'ananas coupé acheté en route. Elle n'en veut plus, mais n'ose pas le jeter, ça se ferait pas. Elle remonte avec dans la voiture. Sur le rond-point il bifurque et s'arrête devant une haute vitrine qui présente des modèles ergonomiques et élégants de tondeuses à gazon.

— Tu vois ce bâtiment, là ?

Elle acquiesce. Elle a le nez dessus.

— À l'époque…

Le professeur marque une pause, pour qu'il n'y ait pas de doute sur l'époque, pour laisser au fantôme le temps de voleter jusque-là.

— … il y avait un restaurant. C'est ici que nous nous sommes réunis, et avons planifié notre dissidence. C'était ici, juste ici.

Adikou fixe les tondeuses. Le professeur parle d'une salle de restaurant, qu'elle croit voir peu éclairée, violette. Une table pleine de jeunes ; la voix rauque du père et d'autres voix aussi ; une femme qui fume en bout de table ; des papiers étalés.

— Évidemment, après, ils ont détruit le bâtiment.

Adikou sent qu'elle devrait partir. Elle remercie, merci encore, et traverse la grande avenue pour aller prendre un taxi. Il doit la suivre des yeux dans le rétroviseur avant de démarrer.

Elle se souvient d'un rendez-vous avec le père à Paris. Il et elle s'étaient retrouvés au métro et puis s'étaient promenés au hasard, un peu gênés de se voir, ou de ne pas s'être vus pendant si longtemps, ou de manquer de mémoire commune. Elle espérait trouver un plat du jour pas cher, ils avaient marché longtemps et quand ils s'étaient enfin arrêtés dans un bistro, ils s'étaient vus assis, l'un en face de l'autre, et étaient immédiatement ressortis pour que le père fume. Elle avait des mouvements saccadés en lui montrant les images retrouvées dans un déménagement. On y voyait, mal, des personnes qui étaient a priori des proches. Elle avait demandé au père de lui expliquer qui étaient ces gens, de montrer au moins un oncle, une tante qu'elle pourrait reconnaître. Il avait donné quelques noms comme il donnerait, à la fin du repas, le numéro du professeur et celui de l'oncle. Sa voix chevrotait d'une cérémonie volontaire ou pas. Sa langue passait excessivement souvent sur ses lèvres. Leur débit de parole, Adikou raconte, avait, pour ne pas devoir les remplir, assassiné mille silences.

En rentrant vers la maison, les pieds dans le sable de la petite cour qui commence à refroidir pour la nuit, elle sort le numéro de l'oncle. Le visage bleuté de lumière, elle entame un texto qui dit Je suis ta, votre, je suis ta nièce, bonsoir c'est Adikou votre nièce, bonsoir, je m'appelle Adikou et je suis ta nièce, je suis à Lomé en ce moment et j'aurais bien aimé te rencontrer.

On dirait qu'il ne reçoit pas les messages, ensuite elle tente un appel qui sonne dans le vide. Elle monte dans la chambre, se déshabille sous les pales du ventilateur. Le téléphone s'éclaire, elle fixe le numéro qui s'affiche et : Allô ?

Elle dit, C'est moi, Adikou. Elle dit qu'elle est la fille du père. – Comment ?

La voix à l'autre bout du fil s'est cassée.

— Mon grand frère ?

Elle dit que c'est ça, que c'est elle, sa fille. Elle est à Lomé pour quelque temps, et elle aimerait le voir, elle dit Enfin, j'aimerais te rencontrer, quoi. Lui dit que oui, oui bien sûr absolument, dit, On se tient au courant, et on dirait qu'il doit à tout prix raccrocher. Elle laisse le téléphone glisser de sa paume.

Je mets mes bras autour de ses yeux pendant qu'elle ronronne contre mon estomac.

10.

Avant que l'oncle propose, par SMS, un rendez-vous, elle a le temps de s'imaginer abandonnée cent fois. Dans l'attente elle essaye de s'endormir sans manger, et puis elle sort dans l'obscurité totale du chemin, tâtonne jusqu'au lampadaire du stade de foot au bord du goudron, s'enfonce dans l'air sec et poussiéreux.

Émilie est couchée sur deux chaises à l'entrée du restaurant, ses sandales posées au sol, les yeux rivés vers la télévision qui diffuse des clips en boucle. En voyant Adikou entrer, elle se relève très lentement. Elle s'approche en claquant ses tongs contre le sol carrelé et lui fait la bise : Ça va, ma chérie ?

Adikou est venue moins souvent cette semaine pour des raisons dont Émilie se fout, budget et mauvaise conscience, Émilie dit de venir quand même pour lui tenir compagnie, elle la hèle depuis la porte quand elle la voit passer et parle du palmarès top hits et du gros orage, raconte comment les motos s'enfonçaient et qu'elle est rentrée trempée, son jean noir d'eau, son T-shirt collant à la peau de son ventre. Antoine, le cuisinier qui n'aime pas qu'on l'appelle chef, fait frire des bananes plantains qu'Adikou va acheter à l'épicerie et qu'elles mangent brûlantes, sur la grande terrasse au bord du goudron. Elles les partagent avec le gérant et un voisin syrien qui est venu d'Istanbul pour travailler dans la gigantesque usine de produits éclaircissants sur la route vers le centre-ville. Émilie montre une photo de sa tante :

— Regardez comme elle est belle, et claire, comme Adikou.

Antoine regarde à moitié.

— Claire, c'est pas forcément belle. Il faut faire attention au visage aussi. Il faut qu'elle soit jolie. Le mieux, c'est claire et jolie. Elle vit où ?

— Aného.

— Ah non, non, les filles d'Aného là…

Antoine est théâtral lorsqu'il détaille les caractères des filles des villes aux alentours.

Adikou demande, et les filles d'Aklako ? Émilie sourit :

— Elles travaillent, elles subviennent aux besoins. C'est pas des femmes qui se font entretenir, quoi. Toi, t'es une fille d'Aklako. C'est ton village natal.

Adikou commence à dire que pas vraiment, elle n'est pas née là-bas, et puis elle y est allée qu'une fois, et c'était la semaine dernière – et Émilie suce ses dents pour produire un son définitif : Si, si tu es une fille d'Aklako. Aklako coule dans tes veines.

— Et tu fais quoi, toute la journée, seule dans la maison là-bas ?

Jusqu'ici le voisin était resté silencieux. Émilie hésite à lui faire des remontrances, je le vois, et puis je vois sa curiosité prendre le dessus. Adikou pense : J'attends qu'on m'appelle yovo, m'étonne quand ça n'arrive pas, je mange du foufou pour vingt ans, et je lis en attendant qu'on m'accepte dans une nouvelle famille. Les jours coulent, fiables et lents. Je me réveille à six heures, prends mon petit déjeuner et profite de la fraîcheur du matin pour faire ma petite lessive et passer le balai, j'observe les champs et l'atelier voisins, les gens qui y travaillent pendant que j'envoie des mails, je dresse l'oreille à chaque fois qu'une femme passe en vendant quelque chose, comme si j'allais comprendre, comme si j'allais manger. À midi je crève de chaud et m'allonge sous le ventilateur, lentement la faim me gagne et la chaleur épaisse me plaque au lit, sueur au front. Vers quinze heures je marche à travers les arrosages automatiques des potagers voisins, le long des villas de plage, jusqu'au centre du quartier, tourne à gauche vers le grand rond-point, et de là je trouve la grande cour ombragée du restaurant où je déguste mon foufou ou ma pâte. Je commande ma sauce sans viande et sans poisson, et au bout de quelques jours le regard étonné de la cuisinière s'est transformé en un sourire entendu. Je prends une grande bouteille d'eau avec mon déjeuner, au retour, elle pèse, le soleil plonge sur moi au milieu des champs comme la foudre sur un mât, l'eau condense et coule le long de la bouteille. Pour pas qu'on me prenne pour une touriste ou qu'on me confonde avec une travailleuse du sexe j'attends d'être rentrée pour allumer une cigarette, assise sur la terrasse, alors que la chaleur commence à diminuer. Je vois de loin les mouvements du début de soirée, des retours du service et de l'école. Je passe les heures de lumière restante à lire. Quand je ne vais pas voir Émilie, je mange un yaourt, et à 21 heures, j'éteins la lumière et me laisse bercer par les criquets et les hurlements des chiens. Des fois, je vais dans le centre-ville, je fais quelques courses, je passe à la bibliothèque. Je m'endors en imaginant la respiration de mon frère. Je dors d'un sommeil mouvementé, plein de rêves et de réveils. Le squelette de lézard à la porte de la cuisine, celui que grignotent les fourmis, est un calendrier.

À voix haute, Adikou explique qu'elle travaille à distance. Elle fait des recherches, la journée, pour l'université. Émilie lui jette un regard alors qu'Antoine enchaîne sur un ragot. Le voisin dit qu'elle doit avoir beaucoup de temps libre. Il se penche vers elle pour demander si elle est venue seule, où est son mari, et Émilie lui met un coup de coude.

Leurs voix résonnent encore dans sa tête quand Adikou tourne la clé dans la serrure de la maison silencieuse et immense.

La colocataire la sort de sa rêverie. Elle braque la lumière blanche d'une lampe torche vers Adikou qui passe tout juste le pas de la porte. Ah, c'est toi, elle dit. Elle semble déçue et prête à rentrer à nouveau dans sa chambre, se ravise.

— Il y a un concert demain soir, dans un bar. C'est un peu loin mais je t'emmènerai si tu veux. Je partirai en fin d'après-midi, et si tu es prête, je pourrai t'emmener.

Sous la douche, Adikou se frotte les oreilles, la racine des cheveux, l'intérieur toujours moite du coude. Elle aime passer ses doigts sur la peau qui fonce au niveau des bras et qui jure avec le sein juste à côté. Ça la fait rire un peu, alors elle fait un petit pas en autodance et moi je claque des doigts dans les contretemps.

Le lendemain les heures passent encore plus lentement que d'habitude. On coupe un moteur en bas, et bientôt Julie fait signe à Adikou de la rejoindre sur la moto bordeaux brillante. Elles prennent la route qui longe le port et l'usine à ciment, celle qu'elle a empruntée avec le professeur le premier soir. La colocataire conduit, concentrée, impassible. De temps à autre elle tire sur les languettes détachées pour rajuster son casque d'un geste qu'Adikou s'habitue à voir de derrière. La poussière fouette son visage et ses yeux. La route est large, bien goudronnée, les véhicules rapides filent le long de petites maisons, de rues en terre. La moto s'arrête devant une grande porte rouillée en fer forgé, surmontée d'un panneau AfriKlub Karting. Adikou voit d'abord la piste, puis un hangar dont le toit est aménagé en bar rooftop.

— Le concert c'est là-haut. On dirait pas d'en bas, mais l'endroit est cool, vraiment. Tu vas voir. Ils vont pas tarder à ouvrir cette partie-là. Tu as qu'à t'asseoir ici – elles sont arrivées devant une terrasse abritée par une structure en béton, au bord de la piste de karting vide – et commander un truc tranquille. Je reviens, on montera ensemble.

Adikou s'assied sur une des chaises publicitaires pour une boisson sucrée orange. Un bananier balance et quelques buissons bruissent dans le vent, du hip-hop américain sort des enceintes. Les Destiny's Child chantent qu'il leur faut des soldats, des vrais, qui savent gérer du lourd. Adikou marmonne que non merci, très peu pour elle. Ça lui fait penser à la main pâle, qui sur cette terre même l'avait couverte de blancheur factice, s'était ravie de la voir cracher sur le sol de ses ancêtres la même litanie, yovo yovo yovo, lui se léchait les babines. Elle l'imagine, loin maintenant, dans son déguisement de soldat.

De grosses caisses, quatre roues motrices, se garent les unes après les autres au bord de la piste. Un Coca-Cola abandonné sur la table d'à côté chauffe. C'est pas ici qu'elle va trouver sa grand-mère morte. Elle fixe les tours de piste, et je sens le truc qui enfle, et je sonde la table en quête de quelque chose pour l'apaiser, nourrir la bête de Coca chaud et de cigarettes. On va la choper, Adikou, ta petite vermine, le gros parasite qui grignote ta vie. Elle dit que ça la fait flipper. La main pâle trouvait ça mignon, de la voir, allongée dans le salon sans trouver le courage d'enlever son manteau, attendre la folie. Elle tremblait. Lui qui n'avait jamais vu ses genoux se briser dans sa tête, ça lui semblait marrant. Je dis calme, calme.

Elle lui demandait, Tu crois qu'on peut hériter de l'exil au point d'en avoir mal au ventre ? Et ça lui semblait attendrissant. Elle lui disait qu'elle en avait marre des blagues de ses potes sur ses cheveux, ça lui semblait hypersensible.

La serveuse débarrasse sa bouteille et Adikou force un sourire. Trois hommes font des tours de kart. Julie revient la chercher, elles montent et Adikou commande deux bières. Julie dit qu'elle ne boit pas d'alcool. Dans la petite foule qui s'épaissit d'une minute à l'autre, il y a des jeunes habillés avec soin, jeans moulants et paillettes. Adikou danse entre les ombres multicolores. Elle danse comme une ombre, exagère en m'entendant rire de ses pirouettes. Elle laisse parler un garçon qui l'approche et qui prend la confiance.

— Et donc ton homme-là. C'est un Blanc ou un Noir ?

Il n'attend pas de réponse.

— C'est un truc de ouf quand même, ça. Les meufs comme toi là. À sortir avec des Blancs comme s'ils allaient vous blanchir. C'est eux les mecs avec qui vous voulez être, faire de beaux petits métis et tout. Regarde, moi, je suis métis aussi. J'ai même grandi un peu en Belgique. Moi aussi je nous trouve trop beaux. Mais tu vois je parlais avec un pote la dernière fois, un Soudanais qui sort avec une fille en Australie, pâle, rousse, la totale. Les gens leur disent tout le temps – vous allez avoir de si beaux enfants, le mélange, ce métissage, etc. Et lui il me raconte ça, et il me dit que des fois il a envie de se lever et de leur balancer à la gueule : Et pourquoi, parce que juste noir c'est pas suffisant ? C'est pas beau ?

Tu vois moi je sais pas trop quoi penser de cette histoire parce que moi-même j'étais beau parce que j'étais mélange, et dans ma tête c'était comme évident. Et puis je pensais pas trop à tous ces trucs à l'époque. Mais maintenant je me dis c'est vrai quoi, c'est bizarre, genre on est que potentiellement beaux ? On le devient au contact du Blanc ? Et c'est d'autant plus chelou qu'on parle de sentiments et tout, je sais bien, mais en même temps même nos émotions elles sont… on va dire, dirigées par des pensées et des structures externes, pas vrai ? Et des parents blancs d'enfants pas blancs qui disent des trucs racistes y en a plein. Ça va ensemble, tu vois, non ? Et puis bien sûr que j'ai envie de me dire que les gens s'aiment et tout, que ton gars-là, tu l'aimes et qu'il t'aime. Mais après je sais pas on fait du métissage un fétiche, un pont entre deux mondes, tout ça, et ensuite on se retrouve au lit avec des racistes qui n'aiment que les contours de nos corps. Et les filles ici chopent le cancer pour avoir ta peau ou celle de Beyoncé. Et celles qui te ressemblent ne sortent qu'avec des Blancs. Bien sûr que c'est politique. Enfin bon, va démêler tout ça.

Elle voudrait lui parler de ses parents mais à leur place elle a Fanon dans la bouche : Son amour m'ouvre l'illustre couloir qui mène à la prégnance totale… J'épouse la culture blanche, la beauté blanche, la blancheur blanche.

Elle voudrait parler de sa mère, de la chaleur de sa joue, mais elle ne veut pas la mêler à tout ça. Elle voudrait lui parler de la main pâle qui l'accompagnait mais elle n'arrive à penser qu'à la fatigue, à la paix de l'oreiller qui précède la lutte, à l'amour, bien sûr, mais si l'amour comme le cul sont politiques alors va démêler tout ça.

Elle s'éloigne et me masque son regard. Elle reprend sa danse en susurrant, S'il croit que ça m'amuse, moi, d'être à moitié.

Comme pour me balancer loin derrière elle, comme pour briser deux trois côtes, elle agite des bras rageurs. Les pavés qui mènent au cœur sont meubles sous ses pas. De ses doigts agités on dirait qu'elle tisse une toile ; elle danse comme un démon quand le sang bout.

11.

C'est de la merde, cette histoire – Adikou claque les mots comme une porte, et continue : Si tu dis pas la vérité. Ensuite elle incline sa tête vers la gauche, légèrement, un geste poli par le temps, qui signale un adoucissement, et puis elle dit : C'est vraiment comme ça que tu me vois ?

Un matin – c'est le vingt-huitième depuis son atterrissage rouge néon –, elle marmonne des phrases incompréhensibles, qui se bousculent. Elle dit qu'elles ont été griffonnées sous ses paupières par la main somnolente de la nuit même. Elle dit : Les fils de ma nostalgie ne mènent nulle part. De la ouate, paisible et triste, fait le lien entre moi et le monde.

Adikou écarte l'oreiller, pose sa tête dans le creux de son bras. Je la regarde, pas convaincue. Le ciel est tissé de coton. La pluie de la nuit s'est arrêtée. Elle a laissé une humidité douce et un peu renfermée, une odeur étrange.

— Qu'est-ce que tu croyais, que c'était de la pluie de météo ? Non, non. Ça, c'est de la matière qui se déplace, Adikou dit en se grattant le bas-ventre.

Dehors, tout est lourd. Depuis son réveil elle entend à intervalles réguliers un chœur de cris qui semble venir de derrière la maison. Le sol est encore frais sous ses pas quand elle s'avance vers la balustrade de la terrasse orangée. Toujours ce ciel gênant : on dirait un corps qui s'habitue à une vertèbre déplacée. On dirait quelqu'un qui essaie de craquer son dos. Le ciel prend sa respiration, elle attend le vent et puis les rideaux volent, roses. Cette nuit déjà il semblait se retenir, comme pour ne pas se blesser. L'éclair venait déloger l'obscurité, traçait des motifs sur le carrelage bleu ciel de la chambre. Les barreaux bruns en métal aux fenêtres tremblaient de tonnerre. Et malgré tout cet air de retenue. Adikou a la voix enflée quand elle dit que parfois il n'est pas bon de tout ressentir d'un coup.

Dans la cuisine les fourmis ont disparu une fois leur tâche accomplie. Elles lui manquent un peu, même si ça foutait la nausée, à jeun, de les voir travailler le squelette. Depuis la grande terrasse du toit, elle voit les voisins arroser leurs champs, entend la musique du centre aéré. Un homme passe en courant, vêtu d'un short de sport et d'un maillot rouges. Soudain il y a un galop, elle voit déboucher deux jeunes hommes sur des chevaux qui tracent vers les champs. Elle loupe le visage du premier, mais le cheval du second se cabre aux aboiements d'un chien, et elle aperçoit, sous la casquette verte, une liberté qui desserre le cœur. Déjà les muscles saillants et le rire s'éloignent, et elle croit avoir vu un mirage. Elle retourne dans la chambre et s'allonge face au ventilateur qui tourne à sa cadence monotone. Elle reste allongée, gênée comme pendant un face-à-face trop long dans un ascenseur. Pourtant, elle a déjà marché seule et elle n'a jamais manqué de choses à se dire. Au contraire dernièrement elle s'est rongée, mot après mot. Elle avait plein de phrases pour se pourrir, alors elle a parlé seule – des pâtés enragés collaient, chutaient. Rien à voir avec maintenant.

Il faut qu'elle se prépare pour aller retrouver son oncle.

— Le temps c'est une chose. Ce que tu poses dans le temps, ce que tu y laisses, ça y reste. C'est incroyable, mais c'est normal que tu sois ici.

C'est lui qui dit ça, son oncle Yao, Yao son oncle si beau, plus jeune que le père et aux traits à l'épaisseur infime, Yao son oncle et sa boucle d'oreilles qui se balance gaiement quand il rit en ouvrant grand les plis sur ses joues, Yao son oncle qui dessine du temps une esquisse familière, un croquis qui rappelle la peur du passé caché partout aux États-Unis, dans les arbres et dans la boue qu'on fuit. Là, elle n'a pas peur.

Adikou dit Oui, oui, on m'a déjà dit que le passé attend quelque part, et qu'il est patient, lui.

À côté de son oncle Yao, son cousin Maxime mange une fabuleuse assiette de spaghettis très cuits en enlevant les bouts d'oignons, et parle du lycée, de ce qu'il aimerait faire plus tard, peut-être cuisinier, il adore faire la cuisine, d'ailleurs il apprendra des plats à Adikou, il est content, il ne savait même pas qu'il avait une cousine métisse, et la sauce rouge des spaghettis fait briller ses lèvres en écho à ses yeux, et la lumière qui provient de la rue, dont il est abrité à l'intérieur du restaurant, vient se refléter sur le visage rond de ce cousin, de son cousin Maxime, et sur Yao, son oncle, et sur une très belle table en formica arraché aux coins ; et la lumière de la rue fait briller les assiettes en plastique épais, creuses, blanches et à fleurs ; et la viande des brochettes est trop chaude pour l'attraper autrement qu'avec les dents, en écartant la bouche, alors elle écarte en faisant coulisser des bouts de bœuf le long des bouts de bois, elle sent un peu de jus couler de la commissure de ses lèvres mais ne l'essuie pas.

— Et ton père, tu le vois souvent ?, Maxime demande.

Adikou fait non de la tête.

— Qu'il coure en paix, dit doucement Yao.

— Ma mère, Adikou ajoute, c'est de ma mère dont je suis proche.

Maxime pioche dans des alocos doucement caramélisés.

— Mais lui, il est comment ?

Yao attrape le téléphone qui s'est allumé sur la table et sort précipitamment.

— Qu'est-ce que tu veux savoir ?, Adikou demande à Maxime.

— Quelque chose.

— Il a des parties du corps incroyables. C'est de ça dont je me rappelle. Un cuir chevelu en ébullition, par exemple, et en dessous un crâne de pirate qu'il faisait semblant de cogner contre le mien quand j'étais petite.

Les yeux de Maxime sont plantés dans les siens.

— Des ongles longs comme des ponts, aussi.

— Il t'avait parlé de moi ?

— Non.

— Et de Yao ?

— Peut-être. J'ai connu quelques histoires d'enfance en tout cas. Il devait être dedans.

— Tu te souviens de quoi ?

— Une tortue. Le père enfant trouve une tortue et la nourrit de charbon.

— C'est une métaphore ?

— Non. La tortue meurt.

— Ah. Ok.

Maxime rit. Adikou hésite et puis s'y met aussi.

C'est Yao qui hèle une moto et lui tend la monnaie pour la course d'Adikou. Le moteur tourne déjà quand il dit

— Demain, tu sais, c'est un jour férié. Si tu veux, tu pourrais m'accompagner au village pour faire la fête.

Adikou se tortille de joie, je la sens comme prise d'un fou rire.

— Oui, ça te dit ? C'est à côté de Yévié. On peut y aller en minibus et y passer la nuit, comme ça j'aurai le temps de te montrer la région aussi. On sera pas loin de l'ancien chemin des esclaves, si ça t'intéresse. Je t'envoie ce soir l'adresse où me rejoindre.

Maxime regarde son père, qui lui demande :

— Tu veux venir aussi ? Ce serait bien, tu pourrais traduire pour ta sœur.

Maxime sourit à Adikou de ses dents rougies spaghettis, et il dit, Trop cool.

Le soir, allongée sous les pales du ventilateur, Adikou est pleine d'une hâte ancestrale, c'est elle qui la nomme comme ça, ancestrale, et pour qu'elle dorme je dis Oui, ancestrale, c'est clair.

12.

Le lendemain les voitures qui vont vers le centre-ville sont pleines de cheveux laqués en arrière, de tresses fraîches, d'hommes qui lissent les plis de leurs chemises. Par la porte entrouverte j'entends Adikou se doucher en chantant, dehors ça chante aussi à travers la fenêtre, et elle rejoint son oncle. Il lui fait signe de monter avant lui dans un mini-bus grinçant dont le chauffeur lance des blagues qui secouent les six paires d'épaules autour d'elle. Quelques rues plus loin le bus s'arrête et Maxime monte. Il joue avec le bébé de sa voisine, et Adikou lui sourit, et elle parle à son oncle, et elle guette tout ce qui sort de la bouche enjouée, des yeux rieurs, de la main pointue, des hochements de tête apaisants de son oncle. Elle l'écoute sans s'alarmer quand il dit que c'est normal qu'elle soit là, que son père, et le père de son père, eux non plus ne tenaient pas en place.

À Yévié le minibus s'arrête au bord de la route, à la lisière d'une basse forêt. Tout de suite, des motos-taxis accourent pour emmener les passagers là où les chemins sont trop mauvais pour les bus. Dans la végétation dense, on se serre derrière les chauffeurs de deux motos qui pètent et slaloment entre les trous, jouant aux danseurs en amortissant les fissures, les pieds qui glissent encore et encore, et roulant dans les creux des chemins en bosses qui traversent un minuscule village et que traversent de grandes et majestueuses vaches, on parvient au campement. Dans le campement, c'est comme ça, Maxime et Adikou sont les enfants de Yao et tous autour d'elle sont leurs oncles, même ceux qui font comprendre qu'ils coucheraient bien avec Adikou, sinon. Elle m'ignore quand je lui fais remarquer que c'est glauque, elle me dit qu'on s'en fout, qu'elle est une plage et qu'elle veut laisser son sable chauffer. Je m'élance pour dire que n'empêche… Mais il n'y a qu'un grognement qui sort et qu'on prend pour un chien.

Ensuite elle doit aider à écraser le manioc, le mortier est censé taper la pâte au rythme d'une chanson que chantent les autres en pilant. Elle perd le rythme et le chœur d'hommes autour d'elle ne la rattrape pas. C'est de ma faute, Adikou murmure, c'est juste que j'arrive pas à m'accrocher à leurs voix, enfin pas encore.

Quand elle relève la tête et passe le relais, elle voit l'agitation des préparatifs, les boissons servies sans arrêt. En français un vieux lui dit des choses denses et creuses sur le poids du retour, qui restent dans l'air – elle promet d'y repenser plus tard. Il lui tend une espèce de pardon, et dit qu'elle a écrasé le piment pour la sauce et que c'est le premier pas de son retour, il dit qu'elle doit rapporter ce retour vers l'extérieur aussi, et partager ce qu'elle a rencontré de l'Afrique. Je la vois pas lever les yeux au ciel. Au fond du campement, il y a un temple en construction et une salle de prière, mais il n'y a pas le sang de la chèvre, pourtant c'est là-bas que j'ai cru les voir partir pour l'égorger. La chair est tendre lorsqu'on demande à Adikou de vérifier si elle est assez cuite. Elle dit Mmh, puis cherche Maxime des yeux.

Hors de la vue de Yao, il allume un joint et le tend à Adikou :

— Tu te souviens de cet été-là ? Il paraît que tu es venue les sourcils pleins de reproches, que tu as dit des pourquoi de guerre, posé des questions de combat.

— Qui t'a dit ça ?

— Il paraît qu'on t'a vue marcher ici il y a quelques années déjà, marcher comme seule au cœur d'un de ces escadrons qui viennent sauver les Africains. On dit que…

Maxime s'interrompt et jette vers Adikou un regard incertain.

— Quoi ?

— On dit que… Tu promets de pas te fâcher, si je te raconte ?

Adikou hoche la tête.

— Tu n'ouvrais la bouche que pour dire les phrases des gens des ONG. Et que tu faisais peur à voir, quand tes lèvres refusaient de se séparer et qu'on voyait la colère s'amonceler à leur commissure. Tu étais folle de rage, pourquoi ? D'être là ? Ou de ne pas être venue plus tôt ? On dit que tu murmurais « calme, calme » comme on prétend dresser un cheval qui effraie. T'espérais pouvoir égorger la présence dans ton ventre, pas vrai ? Couper les sabots pour empêcher leur vacarme ?

Dans le silence qui suit il n'ose pas la regarder. À travers les buissons, il y a les bruits des autres. C'est absurde, je murmure. Personne ne peut lui avoir raconté cela, ça sort d'où ces histoires, c'est quel genre de conneries, je demande. Adikou, elle, est silencieuse. Alors Maxime continue.

— Et ton père – qu'il trouve refuge – tu lui en avais parlé ?

— De la colère ?

— Du voyage. Il aurait pu te dire où aller. Peut-être même qu'il aurait aimé te rejoindre, après ton mois humanitaire.

Adikou frissonne.

— Non. Il fallait qu'il s'en aille. C'est ça l'histoire, c'est de le regarder s'en aller, tu vois ?

— Pas vraiment, Maxime dit, lentement, et Adikou s'aperçoit de sa propre lenteur. Un fin acouphène recouvre les bruits de la fête.

Elle n'aime pas parler de lui. De toute façon cette histoire tourne sur elle-même comme un vieux disque qui n'effraie plus les oiseaux. C'est simple pourtant. On ne confie pas la garde à un homme qui s'en va, on ne lui confie pas sa fille ou plutôt il la refuserait en silences et en rébus, alors elle préfère ne pas en parler.

— Il me semblait pas qu'on puisse partager une chambre, elle dit quand même.

— Comment ça ? Maxime demande et la regarde avec ses petits yeux pliés.

Adikou dit qu'il est relou avec ses questions, en lui assénant une tape sur le bras. Elle rigole, elle a un peu le tournis, elle dit qu'elle peut préciser, mais qu'alors il a intérêt à suivre. Imagine.

Elle serait postée au niveau des sorties à l'aéroport de Cotonou – ce serait plus simple de convaincre le père de venir dans le pays voisin. Elle prendrait sept silhouettes pour la sienne dans la nuit. Il serait 21 heures et le ciel aurait eu le temps de bleuir de cette teinte qui jure avec les néons blancs d'un aéroport lambda. Elle n'entendrait pas de décollages, ni d'atterrissages non plus. Elle ne fixerait pas plus que ça les traits, tirés ou gais, ni les polos et les cigarettes allumées des gens qui attendent aussi. S'il finissait par sortir des portes automatiques, il n'y aurait pas tant de choses à dire, si ce n'est la comptine qu'on chante d'une voix triste, celle sur les cailloux, celle qui raconte que vingt gravillons ont beau tracer une longue ligne, elle s'effrite lorsqu'on les réunit en une petite poignée.

— Alors quand on te demande, il suffit de dire que t'as pas envie d'en parler, non ?

Elle semble avoir oublié la présence de Maxime. Elle sursaute, s'agrippe au bois sous sa main comme pour retrouver l'équilibre. Il lui tend une tasse en plastique et elle boit de petites gorgées d'eau, comme un oiseau, comme un apaisement. Elle finit la tasse, s'excuse. T'inquiète pas, Maxime dit, et puis, Tu veux continuer ?

Alors elle dessine le corps du père prolongé d'un long sac en cuir, le fait émerger de la porte vitrée qui une énième fois coulisse. Des pas s'appesantissent sur le goudron de l'aéroport de Cotonou un lundi soir, et dans d'épaisses et grossières bottes de cosmonaute se posent des pieds sur lesquels elle a posé les siens, petite, pour jouer à la confiance. J'aimerais qu'elle arrête de parler, mais elle me demande de ne pas la retenir. Je la regarde mordiller ses blessures comme une chienne qui souffre, s'élancer en pâté de plaie vers ce père qui ne se doute de rien. Qui a peut-être souri, en embarquant à Paris, aux passagers qui parlaient du dîner du soir ou des médicaments emportés. Qui sort, peut-être, de la lumière blafarde du couloir de l'aéroport, dans la chaleur lourde d'une Cotonou fatiguée. Adikou qui ne bouge pas mais bondit vers lui. Et puis une étreinte, et puis des sourires larges, qui font mal aux commissures des lèvres asséchées. Le cœur d'Adikou qui discrètement demande pourquoi il devrait soudain se plier sur lui-même ou se tordre dans une nouvelle direction.

— Avec le père on marcherait très vite et pour remplir le vide on dirait plein de choses, comme si on apprenait une langue, comme pour ne pas perdre. On a le temps, il dirait à un moment. Je dirais oui. Je garderais mes doutes pour pas pourrir l'ambiance directement, parce que je ne suis pas très à l'aise avec lui et aussi parce que ces moments-là sont irremplaçables alors j'aurais pas trop envie d'y penser. Au restaurant où on s'assoirait enfin, à bout de forces d'avoir marché quelques minutes et parcouru vingt ans, il commanderait une espèce de ragondin des égouts. Sur le menu ça aurait un nom mignon, comme un personnage de dessin animé. Il dirait : Quand j'étais petit j'adorais ça, on mange ça nulle part ailleurs, goûte. C'est mou comme viande et plein de petits os.

Elle sort du moment un instant, vacille devant son immensité, vue de loin, et se rappelle de faire peur à la peur qu'il s'en aille.

Elle raconte l'hôtel, non, l'auberge, où une pièce poussiéreuse sert de réception, et un Pascal gominé met son bras autour de la réceptionniste plus jeune qu'Adikou, plus foncée en tout cas. La main plissée, presque transparente entre les taches de soleil, s'enroule autour de la taille de la jeune femme qui donne un prix par chambre. Un moment d'hésitation, le lit est grand, la chambre est chère, le père est son père maintenant. Il monte les escaliers avec une peine théâtrale, elle l'encourage en levant les yeux au ciel. Le lendemain matin, elle ne sait pas comment le réveiller. Elle n'oserait pas le toucher tant qu'il est endormi.

Adikou attrape l'assiette de chèvre que lui tend Maxime, défoncé. Il semble attendre qu'elle continue, puis, remarquant qu'elle a terminé, il dit que oui, que ça serait chaud, c'est vrai. Il le dit de manière bizarre, chaud, je crois qu'il le tient déjà d'elle. La peau infiniment lisse de son cousin donne à Adikou une sensation de calme. Elle est ivre, jette un œil aux bouteilles d'un demi-litre de bière laissées à la chaleur et la condensation, et en coince une fraîche entre ses jambes pliées. J'ai beau lui dire qu'elle a tort de raconter des foufs, qu'elle est folle de retracer comme ça les cicatrices, que se coucher contre quelqu'un qui gamberge, c'est se dessiner des lames, elle s'en fout. Elle me chasse de la main et

Maxime n'a pas l'air de se lasser de ses histoires, ou alors il somnole les yeux plissés. Un vent s'est levé.

— Donc, c'est comme ça que mon père arriverait, et il pourrait y avoir le tien, aussi, Yao avec ses dents riantes.

Il faut les imaginer, sur la terrasse d'un appartement de location à Cotonou. Elle, elle entendrait les bruits comme jamais auparavant. Elle pourrait distinguer les sons, savoir ce qui vient et d'où, quelle voiture avance et quelle moto s'éloigne, quel enfant pleure. Ce serait la première fois qu'elle entendrait le monde comme ça, des sons décortiqués si nets qu'on peut les éteindre un à un.

Elle écarquille le regard alors, sourit comme un caïman. Je sais qu'elle voit toute cette scène en elle :

— J'ai la bouche ouverte en un rire et face à moi se tient, debout dans le néon blanc de la terrasse, la sauterelle qui me sert de père ; il agite ses bras et dans leur prolongation je vois des histoires, une maison, des enfants, des vieillards qui vieillissent. Je vois ce moment et c'est comme un bug ; ce moment se démultiplie comme une fenêtre informatique, s'étire jusqu'à me faire mal à la tête jusqu'à me faire peur j'ai le temps de respirer cinq, sept fois alors que mon père, lui, est immobile, mon père cette sauterelle, j'ai le temps de décomposer chaque son jusqu'à ce qu'il ne reste plus que celui de sa voix et du léger vent qui siffle entre mes dents ouvertes, et aucun de ces sons ne grince alors j'arrête d'avoir peur et aussi d'avoir mal à la tête et je porte ce moment, je le porte à mon oreille comme pour dire que c'est une de ces coquilles vides sur la plage qui font un boucan pas possible et on sait pas d'où il sort. À l'intérieur de ce moment avec la sauterelle, j'imagine une fanfare comme dans le coquillage. J'imagine que la fanfare qui fait le vent dans la coquille s'engouffre dans ce moment, aussi, et ici aussi ça fait un boucan pas possible et ça rend le moment assourdissant alors j'accepte de le laisser partir, je regarde une dernière fois la manière dont mon père s'apprête à bouger, et déjà tout reprend son rythme.

Elle raconte qu'elle va pisser. La lumière est éteinte pour ne pas inviter les moustiques à paluder, alors elle tâtonne dans le salon. Elle a la bouche ouverte en un sourire et elle se cogne doucement contre les objets pour en décider les contours et puis quand elle s'assied sur la cuvette il n'y a rien qui sort.

Elle dit : J'aime bien ce moment où le corps est en attente, c'est là qu'il me semble être une amie, quand il dit T'es sûre que c'est bon là on peut y aller ?, comme si on se protégeait un peu, juste avant de lâcher le périnée ; et puis c'est déjà l'instant d'après, je pisse et je me dis que tout est normal, c'est juste que mon père c'est une sauterelle et qu'il est venu rattraper pour mes vingt ans les autres qu'il a loupés, et que Yao est là aussi, aux rattrapages, parce que plus on est de fous plus on rit et parce que j'avais un peu peur d'être seule avec mon père et parce que c'est quand même son frère, après tout. Je me demande combien de moments je rate, là, en pissant, au fur et à mesure je me demande de plus en plus et à la fin je me dis que je vais tout rater, je remonte ma culotte sans m'essuyer parce que j'ai laissé les mouchoirs en papier dans la chambre. Le coton absorbe les quelques gouttes, ça diffuse une chaleur un peu moite et puis ça disparaît assez vite, l'instant d'après j'y fais plus attention. Je fais le trajet inverse, sors des toilettes sans même essayer de tirer la chasse d'eau cassée, sors de la chambre aux murs jaunes, prends le couloir, éteins la lumière, me cogne contre le canapé du salon, ouvre la porte vitrée vers la terrasse, suis le néon blanc. Je passe à travers l'endroit où se tenait juste avant la sauterelle maintenant assise sur une chaise en plastique, de l'autre côté de la table blanche au plastique moucheté de minuscules taches grises, Yao, mon oncle, lui s'est levé, je ne sais pas pourquoi. Il fait si sombre que je ne distingue pas les fines rides qui entourent ses yeux. Il se tient debout et nous observe. Mon père et moi échangeons des années manquantes de secrets à côté d'une guitare que quelqu'un a adossée au mur. Les dalles de la terrasse commencent à refroidir sous mes pieds. Mon oncle Yao se rassied et dit que c'est chouette, il le répète comme ça, plusieurs fois, et mon père et moi on se tait, on le regarde. Il fait si sombre que je ne distingue pas la couleur de ses yeux, seulement la manière dont elle brille.

Entre-temps c'est presque sûr que Maxime dort, mais elle ne s'en aperçoit pas, elle continue :

— Quand je me réveille, la lumière du jour est déjà chaude derrière les rideaux gorgés de poussière. Un moustique gonflé de mon sang bourdonne lourdement d'un bout à l'autre de la pièce. Je sautille comme une enfant réveillée avant tout le monde, je tambourine avec une douceur nouvelle. Je ne veux pas aller dans la cuisine pour ne pas faire de bruit, et puis j'ai peur d'y trouver une colonie de fourmis.

Je réveille mon père et mon oncle comme si j'avais appris à les connaître il y a longtemps et je retourne pieds nus sur la terrasse blanche. Mon père vient s'asseoir après s'être étiré en poussant de drôles de cris et dit d'une voix rauque, on dirait qu'il parle depuis le fond d'une caverne, que c'est incroyable cette histoire, qu'on se retrouve ici et que ce moment, tout d'un coup, existe. Il a enfilé un pantalon cargo noir. Il se passe la main sur le crâne, il a vieilli, sa peau fait bien plus de plis que dans mes souvenirs. Mon père dit en ouvrant son sac de ses longs doigts que tout ça est incroyable, incroyable, incroyable, qu'on soit ici, ensemble, qui aurait cru ça ma fille.

Il expire bruyamment comme après un effort.

Il y a une fausse note. Je sens Adikou qui se tend, peut-être parce qu'incroyable, ça veut dire qu'on n'y croit pas. Elle raconte qu'elle allume une cigarette en regardant la rue pendant que son père et son oncle défont leurs affaires. Elle commence à marmonner Va-t'en va-t'en à la colère qui tout d'un coup gronde dans sa poitrine engourdie, comme si elle s'épaississait, se faisait digue pour empêcher l'accident mais merde, il y a un truc, comme un mensonge. Je lui dis calme, calme, prends le souffle le plus long. Ne te laisse pas faire par cette chose-là. Je sens que ça se met en rogne. Je dis *cette chose-là* pour ne pas lui faire peur mais il n'y a pas de raison. C'est la colère qui prend des forces et qui claque les dents, tout grince, elle hennit. Adikou la laisse tourner sur elle-même comme une toupie, si bien qu'on ne sait plus si c'est sa tête qu'elle perce ou ses artères qu'elle craque et elle s'en fiche. Tu ne lui dois rien, à la colère, je dis à Adikou. Crie-lui que tu ne lui dois rien. Tout d'un coup Adikou s'arrête et elle fixe ses plaies sales. Je la regarde se recoudre, détacher le sang séché de ses mains, tourner sur elle-même pour savoir qui l'a vue, poser ses paumes sur ses genoux. Je la vois tendre l'oreille, n'entendre que sa propre voix qui résonne et moi j'ai l'impression d'être le petit rat qui près de ses entrailles devine les séismes.

Elle raconte qu'elle est au dos d'une moto qui pétarade et tarde derrière celle de son père et que celle de Yao, loin devant sur la grosse rue bordélique. Son casque comprime ses oreilles pliées à lui faire mal et de grosses larmes viennent s'écraser contre la mousse moite de la sangle. C'est quoi cette connerie, qu'elle se dit, c'est quoi cette énorme connerie, qu'est-ce que je fais là, secouée et pas à ma place ? Je plaque des arbres généalogiques sur des inconnus ou je claque des individus contre des arbres généalogiques et je me force à les aimer, je crois.

À l'arrière de la moto-taxi sa poitrine lâche, la digue s'écroule, les larmes deviennent un torrent qui dégomme tout sur son passage, ses dents semblent s'ouvrir quand elles se frottent l'une à l'autre et elle a des nerfs à vif dans les amygdales. Elle révèle son squelette de colère sans le vouloir, elle essaie vaguement de se retenir, de boucher ses trous, et rien n'y fait, alors elle imagine qu'elle va passer devant les corps du père et de Yao, des bouts de ferraille bleus ou rouges, selon la moto, calcinés et encastrés dans leur chair. Elle a mal au poignet. Elle regarde, les ongles de son autre main y sont enfoncés, elle les retire et elle a arrêté de pleurer.

Elle retrouve père et oncle dans un marché en périphérie de la ville. Un petit calme à nouveau la gagne, teinté de cette étrange gueule de bois du corps qui vient de s'épancher. Elle s'éloigne du stand de percussions qui fascine Yao, s'avance vers la droite, où il y a des boules d'argile pour faire des cataplasmes. En face, son père interroge une femme sur les vertus de ses plantes, il hoche la tête, la main calée contre son menton, un doigt sous sa lèvre. Il a l'air d'un poète ou bien d'un astronaute. Yao revient avec des arachides et autre chose. Adikou achète des boules d'argile sans savoir combien. Elle dit un prix, quelque chose qui lui semble dérisoire mais crédible, et voit la vendeuse remplir, remplir, remplir encore la poche en plastique, la lui tendre avec un grand sourire d'une dentition si belle, alignée et douce. Adikou prend le sac, avec une main en dessous, pour ne pas qu'il craque.

Elle dit : Yao me rejoint et se marre et je me marre aussi, pas à cause de l'argile, je me moque de ma colère de malade, de mon énergie du désespoir, mon oncle rit toujours, dans le creux de mon oreille il rit et ça irradie dans mon corps, ce n'est une réponse à rien mais c'est suffisant, pour l'instant, pour un petit temps. Assez pour nous asseoir à une table installée sous le plus grand arbre, dans un square, au retour du marché. Je porte du savon noir, des plantes sèches, des perles rouges, de l'argile en boules lisses. Mon père regarde mes achats en s'extasiant comme devant les dessins d'un enfant. Abrité par le plus grand des arbres, Yao me tend sa parole. Il raconte des choses ou d'autres, sur la musique et les fourmis, sur la lune et les politiques. Le soleil se couche doucement, mon père est fatigué et silencieux. Peut-être qu'il souhaite laisser parler son jeune frère. On tient tant à la parole, dans cette famille.

Adikou dit : Dans une boutique touristique poussiéreuse, au détour d'une rue, mon père a acheté une longue boîte ovale. Sous l'arbre, il la sort et me la tend. Elle fait des bruits de perles qui s'agitent quand je la pose sur la table. Son bois est poli et mon doigt glisse le long des rainures. On y a gravé une case. Adito, c'est comme ça que ce jeu s'appelle, il annonce. Il attrape un des pions verts et ovales : Et ça, cette graine avec laquelle on joue, ça c'est Adikou. Il brandit la graine vers moi. C'est comme ça que je t'ai nommée.

Je la prends dans sa main et sens la peau rugueuse de sa paume, remarque l'odeur de poussière de la graine. J'ai l'air calme mais je crois que je tremble d'une impatience d'enfant. C'est comme ça qu'a commencé ma quête, en cherchant ce nom, et cette chose en moi. Ce mot éwé qui n'évoquait rien, ce jeu inconnu soudain devant moi. Mon oncle prend une poignée de graines, commence à les déplacer pour en mettre le même nombre dans chacun des six trous percés de chaque côté. Il essaie de se remémorer les règles alors il fait des simulations de jeu en marmonnant et tout d'un coup il dit : On va commencer, tu vas voir, tu vas apprendre au fur et à mesure. Il prend toutes les graines dans un des trous et fait le tour du plateau en déposant une graine dans chaque trou par lequel il passe. Puis il dit que c'est mon tour et je demande Comme ça ? en reproduisant son geste. Mon père expire une lourde fumée. Il fait complètement nuit à présent, il n'y a plus que l'arbre sous lequel nous avons pris refuge. Mon oncle acquiesce.

Je me vois jouer, ajouter ces petites adikous, ces petits bouts de moi, ces choses qui s'enfouissent sous la terre ici et poussent et donnent des arbres peut-être, et qui m'ont été données comme une amulette pour accompagner mes voyages et atténuer la distance. Je les attrape frénétiquement, les petites graines rondes, leur vert pâle presque imperceptible dans la nuit. Sous la lumière orange d'un lampadaire solitaire, je prends les graines de mon oncle qui rit, de me voir gagner peut-être ou de me voir gratter le fond de chaque trou, victorieuse à m'en faire mal aux ongles. Le grand arbre continue de nous donner sa protection. Un jeune homme sort de la cabane au cœur du parc. Il veut fermer. Nous payons les bières, je replace les graines, la boîte. Adikous, une multitude, un kaléidoscope. C'est comme ça qu'on m'a appelée. C'est pour ça que j'ai pris la route, pour secouer ces graines une fois dans ma main sous les regards de Yao, mon oncle, et de mon père. Pour dire ah, oui, Adikou, je vois, je nous tiens.

Je dis d'accord parce que je sens monter sa fièvre. Elle s'emberlificote dans ses récits pas nets. Pour pas enfoncer le clou je dis D'accord, c'est ça alors l'histoire. Je pose des paumes froides contre sa nuque. Elle est toujours assez idiote pour croire au père. Elle l'a pleuré mille fois comme on noie un corps, comme on pousse des fleurs. Ça lui tombe dessus d'un coup : la gorge qui s'effrite, un truc sourd qui coule le long des parois, une grande fatigue. Le diaphragme qui s'emplit de douleur, lâche. Il y a une familiarité particulière à la déception. Je tiens son front contre mon torse, la rafraîchis sur ma clavicule en lui rappelant qu'elle a appris à bénir les silhouettes qui s'éloignent, qu'elle sait par cœur tracer un autre itinéraire avec les grains de peaux perdues. Elle sait dire au revoir au rêve avant qu'il parte, dire au revoir en rêve au dos avant qu'il parte, et quand il part elle met sa tenue préférée, devient un autel vierge à la gloire d'un saint oublié. Chaque fois qu'un corps se tient devant elle, à moitié habillé, se tord en enfilant des chaussettes, elle n'a pas encore ouvert les yeux mais elle le sait. Quand parfois il sourit, il est déjà très loin, et d'ailleurs il ne sourit pas. Lorsqu'Adikou se réveille, il y a souvent une coccinelle à gauche de son oreiller, du côté du vide.

Je lui rappelle tout ça en versant de petites gouttes d'eau tiède dans sa bouche gercée. En la bordant je dis N'oublie pas que t'es experte en dos, babe.

13.

Quand elle se réveille, Adikou a les yeux enflés et le crâne lourd. Comment on est arrivées là ?, elle demande en se redressant sur le fin matelas posé à même le sol. Je dis pas que je l'ai couchée, alors que la fête battait encore son plein, qu'on est parties en laissant Maxime endormi dans les buissons. Je lui rappelle juste le strict nécessaire : il est prévu qu'elle rencontre des tantes aujourd'hui, on a rendez-vous. Elle enfile des socquettes rougies de terre. Je fais aucun commentaire sur les histoires à dormir debout qu'elle a racontées la veille.

Ils sont assis en rond, plutôt, elles sont assises en rond car elles sont surtout des femmes, en dehors de Yao et de Maxime, vers qui Adikou se penche de temps en temps pour qu'il explique une chose ou une autre, pourquoi tout le monde rit, ou chante soudain. Il dit : Tu sais moi non plus je ne comprends pas grand-chose.

Lui aussi les rencontre pour la première fois, ces femmes qui sont leurs tantes. Yao ne l'emmène peut-être pas aux rares réunions de famille, ou bien elles n'ont pas lieu. Quand Maxime ne traduit pas, Adikou reconnaît des noms de lieux ou de personnes, parfois elle croit comprendre. Je la vois se chercher dans les gestes de ses tantes. L'une d'entre elles raconte que les femmes de la famille sont connues pour être des oratrices.

Un jour notre grand-mère elle-même, traduit Maxime, a interrompu une réunion, et les hommes l'ont écoutée jusqu'au bout, sans l'interrompre, et à la fin ils ont applaudi, Enfin, Maxime dit, je crois qu'ils ont applaudi, car la conversation suit son cours et il ne se rappelle déjà plus la fin de l'anecdote. Les femmes se transmettent la parole, dit la tante dont la voix affirme. Ensuite elle dit quelque chose au sujet du rose, qu'il pique les yeux, que c'est en l'honneur d'une divinité, qu'on s'y fait ; ou bien elle dit au contraire que c'est une couleur païenne, et que c'est pour ça qu'elle a failli ne pas venir jusqu'ici, parce que Mami Wata lorgne contre chaque mur. Elle ajoute que cela fait bien longtemps qu'elle n'a pas vu ses frères, ou elle demande si Adikou connaît bien son père, ou alors elle se reprend et dit que c'est un beau rose quand même.

L'autre tante rit dans un mouvement de bascule, jette vers l'arrière tout son corps épais, plonge la tête entre ses jambes, ses tresses collées à son crâne. La troisième tante, la dernière, fait avec ses mains un mouvement qu'Adikou croit être le sien. Discrètement, Adikou descend son regard et agite son poignet. Elle reproduit le geste de la tante, le peau-fine. Elle cherche la voix de cette grand-mère, une voix forte, grave peut-être, excitée et vivante. Elle se nourrit de cette lignée qui passe par une inclinaison de la main, se fait petite autour de la table, abritée de la route par le muret rose, où lentement s'empilent les assiettes collantes et les verres aux bords sucrés. Des mains se prennent, parfois, puis se relâchent, sans qu'Adikou sache quel mot, quel souvenir provoque la tendresse.

La conversation tarit. Tout le monde regarde ce panorama, cette nouvelle photo de famille, d'un air pieux. Maxime décolle l'étiquette de sa bouteille de Coca. Adikou le nargue en descendant sa bière. Ensuite elle lui fait dire qu'elle cherche le village qui porte le nom de leur famille, que peu portent encore autour de la table, et qui n'est pas bien vu ici. Les tantes sont saisies. Elles ne comprennent pas tellement l'intérêt. Ah, fait l'aînée, et puis elle décrit la dernière visite dans ce village qui porte notre nom, Maxime rapporte. Ça fait longtemps. Elle raconte une légende bien plus dure que toutes celles qu'on aurait pu inventer ; une histoire de beauté qu'on fait poison, une histoire de mort et de maladie. Je dis Tu vois, Adikou, que les légendes ici aussi sont revêches, que les histoires ne sont pas belles, et que la lignée coule parfois comme le venin.

Ça doit être une question d'inclinaison du ciel, tout est de plus en plus rose. Adikou est assise dos à un mur qu'on dirait magenta, dans lequel sont sculptés une divinité et l'océan, et des esclaves enchaînés. Elle demande de quand ça date – si c'est une création récente pour attirer les touristes mémoriels, ou la trace d'une mémoire partagée. Les deux s'emmêlent, je dis pour la rassurer. Le sol semble peint de la même couleur, il prend la chaleur du soleil et la recrache doucement sur les pieds des tantes, beaux et plats, qui s'agitent au rythme d'un air que Yao suit un peu maladroitement.

C'est une chanson de quand elles étaient petites, dit Maxime, et Yao de sa voix rauque part dans une imitation qui fait tressaillir les tantes, alors le corps d'Adikou aussi s'agite, ses épaules se secouent, bientôt elles rient toutes. Sur la table les verres sont vides à présent et l'aînée des tantes annonce qu'il est temps de rentrer. Le jeune homme qui conduit la voiture empruntée à son mari entend, saisit les clés, se lève. Les fesses moites se décollent des chaises en plastique fêlées, Maxime enfile sa casquette. On sent que le moment s'est bien étiré. On dit qu'il fut généreux et large et on s'en félicite pendant que les corps se serrent. La plus jeune des tantes se penche comme pour lui faire une confidence. Adikou brode : Ton père, qu'il coure en paix, ton père m'avait un jour parlé des couleurs dont il voulait pour toi, azur et ocre, et un peu de fer, il avait dit qu'il serait obligé de te transmettre du fer ; mais qu'il y aurait du sable aussi et de l'argile, ce qu'on peut modeler de ses mains, de quoi se faire une vie.

Maxime s'approche. Il lui fait répéter, traduit :

— Elle demande si tu as vu un enfant, quand tu as passé la frontière. Quand tu es rentrée du Ghana. Elle dit que ton père y a passé du temps. Tu as vu un bébé ? Ton père est né quand les routes se sont vidées à l'Ouest, quand les gens sont rentrés, non, pas chez eux, juste là où ils pouvaient. Tu as vu un bébé ? À la frontière ? Un bébé à la frontière d'une guerre civile ?

Oh, la tante s'écrie et fronce la tête vers Maxime, qu'est-ce que tu lui as dit pour la rendre si triste ? Ou bien elle dit, Oh, mon enfant, cette vie. Certaines en font un toboggan et d'autres un long trajet en minibus, hein ? Mais quelle est la différence ? Et pourquoi passer tout ce temps à écouter tes os s'user ? Tout le monde dans cette famille ne fait que bouger, c'est comme si mouvement était notre nom, eh ? Tout le monde dans cette région ne fait que bouger, arrête de pleurer, ma fille, il n'y a pas de quoi pleurer. Si la douleur t'a appris à courir alors elle est libératrice. Va rendre grâce, ma fille, continue ta route et rends grâce.

Quand les portières claquent, les unes après les autres, derrière les tantes qui s'enfoncent dans la voiture avec tous leurs membres et leurs sacs et leurs meilleures tenues, Yao fait monter son fils aussi, par la dernière portière ouverte, et puis tape deux fois sur le capot. Adikou dit qu'elle voit son père agiter sa main, tout son bras même, frénétiquement. Elle suit la voiture d'un regard qui se voile. C'est toujours la même chose : la bandelette de béton la plus importante de la terre, les voitures qui battent la poussière. En tournant le dos à la route, elle croise le regard de Yao. Son émotion l'encombre.

Elle dit qu'elle aime bien cette région qui sent les esprits, les histoires et les berceaux. D'ici il y a six kilomètres avant d'arriver à l'océan. Ce sont les derniers d'une longue route depuis l'intérieur des terres, qui a vu passer des personnes enchaînées. Elles n'avaient, pour beaucoup, jamais entendu le bruit de l'océan. Elle essaie de se représenter la marche exténuante, la nuit, le jour, et tout d'un coup ce bruit qui gronde, cette eau qui jamais ne s'arrête. Elle divague doucement, Imagine, là, on marcherait à trois dans les rues. On s'éloignerait du centre de Yévié. Devant, un plan à la main, je chercherais la place ronde où se trouve un arbre. Mon oncle et mon père suivent, ils discutent avec entrain.

Quand elle repart sur ses histoires de père je dis qu'il faudrait lui mettre un cône autour du cou comme à une chienne. Elle tire sur l'histoire : Regarde, ils suivent sans broncher. Ils ont l'air heureux d'être là, on peut se réjouir, maintenant, lâcher l'inquiétude. On débouche sur la place, un vieux rasta joue du djembé sur le sable, au-dessus de lui il y a l'arbre qu'on dit du non-retour. Il a été nommé ainsi parce qu'on y faisait tourner les esclaves sur eux-mêmes, pour qu'ils perdent toute orientation.

Je me vois sous l'arbre, je nous vois, je cherche des traces sur l'écorce. J'ai entendu dire que certains arbres, le long du chemin des esclaves, portent encore les marques laissées par ces hommes et ces femmes enlevés vers l'océan.

Adikou croit sentir ses pieds qui s'enfoncent dans le sable. Elle imagine le poids du corps qui comme un boulet en traîne un autre, une chaîne immense qui lie ce sable à l'Amérique. Une plage pleine d'âmes sous ses pieds. Elle continue, Je vois mon père et Yao accroupis autour du vieux musicien maintenant, qui tape comme un fou, cogne son instrument comme on frappe un esprit.

On marche. Au bout d'un moment, le long de la route, un homme nous tend la main pour se présenter, Juste il dit, et puis qu'il est guide certifié pour le chemin des esclaves. Après quelques minutes de délibération, il nous accompagne pour la visite. On marche. Devant une case, nos jambes fléchissent en entendant le nombre de personnes qu'on y gardait, le nombre de jours où elles se trouvaient entassées là avant de continuer vers d'autres entassements. On marche. Un cimetière, le sol en pierre froid sous mes pieds nus pour payer un hommage. Il faut laisser une pièce, puis marcher. À droite, à gauche, des arbres hauts comme s'ils étaient vieux. La route a été tracée là pour faciliter le travail des touristes et de ceux qui se recueillent, certainement les mêmes, et autour on a laissé les arbres. Je me demande s'il faut aller lire leurs écorces, au cas où, je n'écoute plus Juste qui d'ailleurs s'est tu, je pense à ces pas avant les miens, ce n'était pas la même route, je fais un recueillement hollywoodien, tout ça est un décor, l'eau au bout est réelle mais encore loin, la souffrance aussi, mais quand même. Je souffle. On marche. On est censés pouvoir déjà entendre l'océan mais moi je n'écoute que les vieilles motos et des enfants qui crient. Un mur d'enceinte, un jardin, un bâtiment au fond, et dessus une fresque, grande et sculptée, Toussaint Louverture, des figures afro-américaines, quelques jazzmen. Il y a un poème en anglais sur un autre mur. Juste explique :

— C'est la maison de la diaspora. Vous savez ce que c'est, la diaspora ?

On répond oui mais il s'en fout, poursuit :

— On appelle diaspora ceux qui sont revenus.

On marche. Ça dure longtemps, arbre à gauche, arbre à droite, pas moyen de dévier et voilà que ça s'ouvre sur les bancs de sel, des débuts d'océan.

Juste a continué à parler, sans revenir sur la diaspora. Qui est, Adikou voudrait dire à son père, plus celle de la rive à venir que de l'arbre qu'on a passé. Elle n'entend toujours pas le bruit des vagues. Elle marche. De lassitude son corps devient une coquille. Il y a maintenant sur le sol un peu humide quelques petits bosquets qui peut-être se nourrissent du sel. On appelle diaspora ceux qui sont revenus, et c'est peut-être cette parole qui par la suite lui fait penser, à voix haute, qu'il faut vraiment trouver le moyen d'aller au village qui porte son nom. Qu'il faut bien que le corps exulte et s'étende, gonfle et vienne se couler contre l'aire du pays, même son père ne s'y refuse plus, dit Adikou qui en est sûre, puisqu'elle, elle le voit. Elle dit qu'il vient de se souvenir de quelque chose. Le nom d'un marché que faisait sa mère, par ici, et qui devrait être proche du village. Alors Juste passe des coups de téléphone, demande des précisions en collant l'oreillette contre sa poitrine, répète le nom, ses lèvres s'agitent et la trimballent, elle essaie de voir dans les yeux du père si ce qu'il comprend est prometteur. Juste raccroche. Il dit, C'est bon, je peux organiser que quelqu'un vous y conduise.

Face à son public un peu sonné, Juste a dit les noms des arbres, mais à présent il revient au script, ça s'entend. Une phrase qu'il a dû prononcer mille fois vient frapper contre ses dents espacées. Il dit,

Le métissage commence dans les cales du navire. Et il fixe Adikou. Je la retiens de bondir. À quoi bon faire son portrait dans tout ça, c'est crade. Personne ne dit que derrière ses airs elle descend forcément de ceux qui ne furent pas déportés, ceux du continent qui vendirent sa sœur américaine, et puis d'autres bourreaux aussi. Tout d'un coup ça la pince : l'universalisme de la douleur, tout crade. Elle dit que la plage se souvient forcément de chaque vague. Je dis, Non. Je dis qu'elle peut tout inventer, même la mer. Elle dit que le sable n'est sable que parce qu'il porte en lui l'érosion lasse de chaque mouvement. Je me couche sur son crâne embué, elle touche son corps si plein et elle si pleine de lui, je dis, Tu vois bien que la plénitude ça ne peut pas être une affaire de volumes ni de mélanges.

Je dis qu'elle est pleine, étrangère au monde et familière à soi, connue de sa mère et palpée en rêve par les mains sèches et fortes d'une grand-mère inconnue, je veux lui dire qu'elle est pleine à tâtons. Ce corps aussi, c'est l'identité, l'odeur de la sueur qui colle contre sa peau endormie. Ses doigts n'ont pas peur de glisser le long d'un corps si plein, de ricaner le long des étoiles. Son passeport à insignes RF, c'est pour grimper dans les turbulents nuages, passer des frontières arbitraires pour briser les rocs qui s'amoncèlent dans la gorge et peu à peu obstruent l'incandescence du fond du ventre, la brillance de la peau. Alors elle raconte que son corps se glisse dans autant d'interstices, de nuits douces d'escale dans une existence propre, hors négation et pas d'ici, elle raconte qu'au fil de rencontres on l'a crue marocaine, indienne, peule, qu'on l'a dite égyptienne, soudanaise, cubaine, « antillaise ». Elle dit que finalement même affirmatifs les miroirs sont vides et les interstices foyers. Je l'enlace sans lâcher l'histoire mais je serre fort quand même et dis, Toi-tu-n'es-pas statique toi tu brasses le vent puis l'eau puis la terre. Je dis T'inquiète. Je ferai plus d'histoires. Je parlerai comme t'as envie de cette terre qui rappelle la solitude sombre d'une coupure de courant dans une cour désertée. Je regarderai pour toi les miroirs avec une mine effrontée.

Elle s'assied sur le rebord du lit, pas si près de moi.

14.

Adikou dit à Yao de rentrer à Lomé, puisqu'il a du travail. On le retrouvera dans quelques jours, pour la visite du village qui porte leur nom. Alors il part longer la côte sur cette route unique et solitaire qu'on peut suivre du Nigeria à la Côte-d'Ivoire sans jamais tourner.

Adikou raconte qu'il ne reste à Yévié qu'elle, son père et des poussières, quelques fantômes dans une cantine pas loin des cabanes en terre confortables de leur auberge. Elle est assise en face de lui, devant deux assiettes en plastique remplies d'un foufou gluant de sauce. Ensemble, il et elle attendent le jour où le chauffeur que Juste leur a organisé viendra les chercher pour les mener au village. Ensemble, il et elle marchent, visitent ce qu'il y a visiter, ont des conversations qu'Adikou oublie aussitôt. Elle fourre la nourriture dans sa bouche raide en regardant la mer mousser jaune.

On dit qu'un jour un prêtre de candomblé brésilien est venu visiter cette région, qui est pleine de couvents vaudous. Alors que ses pieds foulaient pour la première fois une terre qu'il connaissait autrement, sa langue s'est faite sankofa. Dans une langue commune au divin d'un côté comme de l'autre de l'Atlantique, il a dit des mots touchants, et les murs roses du couvent se sont secoués doucement. Il a prononcé les prières, dans cette langue battue hors de sa bouche par des générations de maîtres et maîtresses. Après que des siècles d'esclavage eurent cru effacer des pans entiers d'univers et de croyances, et après que de cette langue les syllabes eurent été découpées et enfouies là où personne ne devait plus les trouver, il est rentré s'affaler au milieu des traces de pluie et des peaux de python. Alors, il y a trouvé des traces de lui, c'est-à-dire de ses ancêtres, et cela a son importance car lorsqu'il a ouvert la bouche, elle a produit des sons qui ne fascinaient personne, puisqu'ils leur étaient familiers : ces syllabes qui demandent à la bouche de s'incliner, de pendre, de se tordre afin qu'elles puissent former cette langue commune que le prêtre parlait avec la force de celui qui par deux fois a traversé l'Atlantique.

La main d'Adikou est restée en suspens comme immobilisée par l'histoire ou le foufou séché. Elle dit que cette histoire, il faudra se la raconter souvent, pour le courage. Elle dit aussi que son père acquiesce.

Adikou remarque que rien à Yévié ne tend vers l'océan : Mon père et moi, on marche vers le temple des Pythons, et mon père dit quelque chose de flou, que notre famille à nous est liée à la famille des pythons, même si contrairement à certaines lignées d'ici, nous ne descendons pas directement d'eux. Dans la cour du temple je salue les gros reptiles lents, nos cousins éloignés. Autour de mon cou, avant de partir, un gardien dépose un de ces drôles d'ancêtres qui immédiatement s'enroule. Puis on marche vers le fort frais et désert. Au sous-sol, une exposition montre côte à côte des photos de scènes rituelles béninoises et afro-brésiliennes. Les beignets, les danses, les visages et leurs expressions sont les mêmes d'un côté et de l'autre de l'Atlantique. En sortant du fort, mon père et moi parlons de diaspora, encore et encore, ce terme qui est une sensation qui est un esprit et qui finalement est peut-être l'origine même. Autoportrait en fille du pays : je repense aux peaux de serpent qui apparaissaient dans mes rêveries, aux États-Unis. Cette appartenance qui ne pouvait n'être que déroute, qu'illusion, et qui pourtant n'était pas qu'un détour. Je remercie brièvement un esprit ou un autre. Je ne connais rien à ces choses-là.

Mon père demande : Et c'était où ça, tu as dit ? À une heure de New Orleans ?

Mon père dit New Orleans en anglais, dans sa voix on dirait du blues, il insiste sur les voyelles et avant le o il inspire un h.

— Non, dans une plantation, sur un petit panneau.

J'ai raconté l'histoire du membre amputé qui doit être enterré avec le reste du corps. Ça le laisse pensif.

Assis sur la terrasse de l'auberge on boit, moi une bière, lui un sodabi, un alcool fort dont je lui avais ramené une bouteille de mon premier voyage, j'ai dû finir par la lui donner quand nous nous sommes revus, peut-être un an plus tard. Je m'étais dit, en grimaçant à l'odeur, c'était donc ça que mon père buvait, avant de partir, avant de devenir le père. J'imaginais des chemins sombres, des rires d'adolescents qui planifiaient la révolution, qui parlaient du renversement et de la beauté.

Adikou décide que ça fait partie de l'auto-initiation, ces histoires dont on décide d'être, pour ne pas être seule. En s'y racontant elle prend sa place dans la vie du père, elle dit : Chacune fait ce qu'elle veut mais moi c'est bon, j'arrête de réclamer, j'enfonce la porte.

Alors elle décrit comment elle s'assied sur la terre battue, aux pieds de sa grand-mère, qui sans parler la caresse de ses mains rêches. Elle prend place à ses pieds, elle se conte ses histoires. Le père qui la trouve là a l'air surpris de la voir, mais il sourit, un petit verre sale dans sa main.

Et maintenant, je demande, on est arrivées ?

Le père porte à sa bouche le fond de sodabi transparent, presque invisible dans l'obscurité. En posant le verre sur la table basse en bois charnu, il demande lentement : Et toi, tes douleurs fantômes ?

Adikou sursaute.

— Je veux dire, tu as ça ? Mal à la pièce manquante ?

Sa voix s'est à peine éteinte. Il est si frêle que je m'inquiète pour eux soudain, pour lui et elle. Adikou murmure Papa, papa, on a trahi qui pour être hantés comme ça ? C'est quel genre de punition, pour avoir juste voulu prendre l'air ?

Elle lui dit qu'elle a mal comme tout le monde – que ça au moins, c'est universel, la manière dont l'incision pince, comment la douleur se propage. Moi, j'aimerais ajouter que c'est préférable au déguisement universaliste qui couvre les crimes coloniaux et bâillonne les luttes ; elle m'arrête. Elle répète seulement, J'ai mal comme tout le monde.

Elle lève le regard de sa bière chaude vers les yeux de son père qui sont moites, puisqu'elle raconte ce qu'elle veut. Il dit : Tu t'inities toute seule, comme une grande ou comme une enfant. Drôle de petite fille, toi, Adikou.

Elle raconte qu'ils dorment. Elle dit qu'au matin, elle s'est déjà servi un café fumant, posé sur une nappe rose blanchie par le soleil, quand son père la rejoint devant la petite case qui leur sert de chambre.

En mesurant chaque geste, il s'approche, tire la chaise en face d'elle, s'assied puis s'étire avec un aaaaaah bruyant.

— Bien dormi ? Oui, moi aussi, comme un bébé, je me suis couché peu de temps après toi. Le temps de me repasser notre conversation pour ne pas la perdre. Tout ce que je peux te dire, c'est tu fais bien de soigner ta prothèse.

Il passe le doigt sur la nappe, la lisse, la plie, la lisse. Adikou est sûre qu'il parle des États-Unis ; mais n'importe quoi, aucun rapport.

— Enfin, je sais pas si c'est le bon mot, mais tes voyages, tes légendes là, c'est bien. Ça aide, de s'inventer des parentés prosthétiques.

Elle fixe le café brun, si clair qu'il paraît jaunâtre sur les bords de la tasse blanche. Elle siffle, Tu vois, je vois pas. Je trouve qu'on devrait mettre une balayette au père, pour sa condescendance, je trouve que c'est dégueulasse de se dédouaner comme ça, mais bon, elle c'est son père en même temps. Elle continue : Je me suis fait des sœurs américaines, assises sur les marches du Lorraine Motel, à prendre leurs larmes dans mes yeux ; je me suis laissée vaciller un instant en roulant devant la plantation qu'un arbre généalogique tortueux liait à Michelle Obama ; j'ai hoché lentement la tête quand K, le retraité gonflé d'eau, dans une lourde respiration fière a dit Black is a country ; j'ai choisi mes sœurs dans le métro et au bar des *diners* par un sourire, et j'ai vu des reflets dans nos peaux brillantes.

Je dis Ah, les sœurs de métaphores. Pour qu'elle ne se remette pas à geindre je me ravise, je consigne.

Elle dit : Un jour au détour d'un lit la main pâle a voulu slap that ass all the way back to West Africa. Alors j'ai écarté la voix grave de l'homme et j'ai entendu pour la première fois le chœur : souviens-toi que cette conscience ne peut jamais être réduite aux trajets, à la peau, à la géographie même, souviens-toi qu'elle doit être cosmique. Souviens-toi et de l'amour, et de la colère. Rappelle-toi que la guérison n'est pas un apaisement.

Après cette première fois, ces sœurs sont revenues régulièrement. Elles disaient I feel you : je te comprends et je te sens. Il ne s'agissait pas de comprendre mon souffle épuisé sur une épaule, ma sueur sur le coton d'un T-shirt, mon corps qui tremblait dans son enveloppe, ma force comme le fond d'un puits. Ces sœurs disaient je sens ton souffle et je ne le laisserai pas s'épuiser, je sens tes larmes et je vais te montrer la rivière, je sens ton corps qui tremble au rythme de nos vies, je sens ta force car j'ai acquis la même la première fois que je suis morte.

Adikou ne bouge plus. Elle vérifie que je l'ai entendue, commence à se préparer pour la suite. Elle regarde son père mordre dans un bout de pain sucré. Il lui semble très, très lointain, et pendant qu'elle le regarde, il lui manque.

15.

Le matin de ses vingt et un ans, dans le miroir gris et rayé qui est posé contre le lavabo de la petite case en terre, elle ne se reconnaît pas. Elle voit les os au-dessus de sa poitrine. Ses yeux aussi, doux. Elle dit qu'elle ne s'en souvenait pas. Elle regarde son cou. Sa vue est floue. Pendant un instant je ne sais plus, moi, où elle est. Elle laisse derrière elle la petite ville des pythons et des fantômes dès que Yao arrive, pour aller avec lui au village qui porte leur nom. Ensemble lui et Adikou vont aller au village qui porte son nom. Ensuite je ne sais pas ce qu'il adviendra de l'histoire. Le serpent ne se retourne pas sur la peau morte.

Le ciel très bleu est serti de quelques gros nuages gonflés d'orage, statiques. Il y a des poteaux électriques et de grands bananiers au bord de la route. Le goudron fend en deux les étendues de terre rouge d'où s'élève de la verdure qui n'a pas de nom pour elle. Parfois un chemin part à droite ou à gauche mais il n'y a rien au bout qui soit accessible à ses yeux, parfois un homme apparaît ou une femme, souvent elle ne s'en rend compte qu'une fois dépassés. On ralentit. Le chauffeur fait avec sa bouche un bruit indiquant une tristesse qui passera vite. Il dit, Regarde, alors elle voit l'attroupement des chèvres, et devant, l'une d'entre elles qui gît, ventre ouvert. Les chèvres rejoignent le bord de la route, et la voiture accélère à nouveau. Quand le corps de la chèvre sort de son champ de vision, elle regarde le sien dans le rétro, elle cadre un morceau après l'autre : ses épaules et ses seins et la peau de son cou qui luit de sueur. Elle dit, Ça fait longtemps que je ne me suis plus vue comme ça, longtemps que mon corps ne m'a pas été d'une telle évidence.

Le chauffeur s'exclame : Ah, décidément. Encore une fois elle suit son regard, cette fois-ci il arrête la voiture et met un pied à terre. Au sol, il y a le cadavre d'un caméléon, Adikou espère que ce n'est un pas un présage, puis elle se ravise et espère que oui.

D'ici on la distingue bien, sa carrure de rapace, ses phalanges tatouées de toc qui frappent dans le vide, son profil aplati. Par la fenêtre du taxi derrière elle je reconnais la carrière et ces trous de phosphate prêts à partir pour la France. Je me rappelle qu'on y est passées une première fois, il y a des semaines, à ce moment-là elle reposait encore sa tête entre mes cuisses, me parlait la langue des siamois pour m'expliquer les étapes. En gros, tu dois te connaître toi-même, elle disait, ou plutôt savoir que tu sais rien de toi, sourire à cette idée et commencer. Décider de partir, fuir en avant, chaque fois un peu plus en avant, et au fur et à mesure cela trace des lignes. Prendre ça pour une route et prendre cette route-là. Consigner l'étape à franchir demain. Après, c'est tout.

Elle était gaillarde à l'époque au chaud de mon plexus, son cœur arqué contre mon bas-ventre.

À présent je la vois comme à l'ombre. Elle a les yeux creusés, des coins foncés en dessous des yeux. Elle demande ce que c'est que ce regard, qui menace de la déloger. Elle dit que je fais mon Européenne, à croire tout voir, tout pouvoir éclairer de lumière blanche. Elle dit qu'elle s'en fout, qu'elle veut bien être sombre comme la douceur de la nuit qui enveloppe, sombre comme les allées des palais de terre d'Abomey, sombre comme les pupilles qui abritent les esprits.

Je vois que les contours de son corps sec. Elle dit que je suis pas mieux que les autres. Elle dit qu'elle me sent, moi aussi, comme une main sur son épaule, qui impose son réconfort : mais-toi-tu-n'es-pas noire. Elle dit, C'est bon, j'ai dit merci merci assez de fois pour boucler d'un tour la chaîne des geôliers autour de mes pieds, mes seins, mes aisselles chaudes, mes poignets fins, mon cœur engourdi par l'abjecte gratitude. Le réconfort est beurre froid sur la brûlure horrible, bien moins remède que glaive que pic que fusil que guillotine que canon que fer chaud que bombe qu'autre outil moderne ; merci encore merci mais c'est trop, j'ai il est vrai les ongles blancs, les dents blanches, la cicatrice blanche au-dessus de mon sein, et l'âme blanche certainement d'un christ endimanché ; merci merci encore mercy.

Elle a parlé trop fort, à bien y réfléchir elle parle toujours trop fort, et l'immense carrière de phosphate n'est toujours pas dépassée. La terre taillée tremble. La falaise de sable semble hésiter à l'approche du sol. Les miettes tombent dans un pénible ralenti. Adikou dit, C'est de ta faute, en fait. Ses sourcils sont déjà froncés faiblement, sa lèvre avancée vers le vide.

C'est toi qui le repousses. Mon père, il voudrait bien être là. C'est toi qui le repousses, elle répète, et je dis que ce n'est pas comme ça que fonctionnent les esprits. Devant nous la route s'étend toujours pareil, et derrière Adikou des résidus de vent m'encombrent. Elle marmonne, C'est pas un esprit, en se penchant par la fenêtre pour regarder un iguane qui perd du sang. Le sable gratte lentement les roues de la voiture. Elles tournent au ralenti. Et puis, Adikou remarque, C'est pas comme si je lui courais après non plus. En m'entendant sourire elle se tourne et la voiture amorce une embardée bien lente que le chauffeur rattrape, elle dit : D'où tu rigoles ? T'as quoi, avec tes airs de fantôme, t'as qui toi ?

Toi, je dis, et elle se radoucit. J'ai collé ma main sous son T-shirt pour que son pouls se calme, je lisse distraitement l'os qui tient sa hanche et je la sens fondre. Peut-être que c'est fini, Adikou dit d'une voix grisée, Alors laisse-moi raconter comment :

Cette voiture franchit la rivière, que traverse un pont, puis on passe la frontière vers le Togo. On partage la banquette arrière avec une autre famille montée en route. Sur mes genoux, une petite fille a pris place qui dort contre moi. Sa mère me sourit et je souris aussi, et j'apporte ce sourire à mon père qui ne dit rien, sort de la voiture quand le Bénin se termine, et marche avec moi vers le poste-frontière. Il passe devant, je le regarde s'avancer, franchir la ligne et je me dis qu'il est droit et beau et je me redresse aussi.

Cette voiture, on remonte dedans et elle nous dépose au bord du goudron à l'entrée de Lomé, on marche jusqu'à l'hôtel et on dépose nos bagages dans une petite chambre qui donne sur le parking. J'appelle le professeur et je lui dis Voilà, tu ne vas pas me croire, mais je suis là, avec Papa, oui, je te jure. Il dit que nous devons venir déjeuner, oui, ce midi puisqu'on ne reste pas longtemps. Il nous accueille dans son jardin quelques heures plus tard et je me souviens du fantôme de mon père que j'ai imaginé jeune dans ce jardin, répétant des pièces de théâtre, se préparant à la vie qui l'attendrait au loin, en Europe, j'invente car je ne sais pas de quoi il se doutait à cet instant, j'invente car à présent il est dans ce jardin à nouveau. Mon père a l'air infime dans le siège rouge saignant. Le professeur nous sert des bières fraîches et la parole commence, très vite d'abord et puis elle ralentit, quand les mots les plus faciles ont été prononcés. Ils se remémorent des choses en prétendant que c'est pour moi – le restaurant où ils se retrouvaient, qui n'existe plus depuis bien longtemps, les murs de l'université, ils ne parlent pas de la violence directement, mais du temps qui passe et d'une horreur qui reste, de l'oppression qui dure, et de la lassitude. J'ai une migraine, je dis, je vais rentrer. Mon père dit Cette petite, elle a toujours eu des migraines et je ne réponds pas que ça fait des années que j'en ai plus, dix peut-être ou huit.

— Vous devez être très fatigués, dit le professeur, après une telle journée, et la route.

Il nous serre contre la chemise bleue et beige qui couvre son ventre rond, il nous tient chacun un temps contre les motifs qui s'y agitent – des grains de café sur son ventre. En partant je regarde mon père en coin, je le surveille, de peur qu'il tombe ou s'évapore mais il est là, nous sommes ensemble, en train de marcher dans l'histoire l'un de l'autre. Je me sens grande, grande et orgueilleuse dans le taxi du retour.

Le lendemain, je regarde le paysage défiler par la fenêtre, les bords de route vivants, les petites boutiques entrecoupées d'herbes hautes et la station essence où on récupère Yao mon oncle qui s'assied à l'avant. Je me détends comme une enfant accompagnée. Je consigne chaque élément de la topographie comme une preuve ou un reflet de mon corps, et de celui de mon père dont je ne saurais dire s'il tremble. Est-ce qu'on hérite de l'exil ? La question s'empare à nouveau de moi, mais elle n'est plus vilaine. On peut écrire ensemble l'histoire de nos corps sur cette terre, on peut la changer, l'emplir de nous, mon père et moi emplissons nos histoires l'un de l'autre, la voiture avance doucement, c'est comme cela que se dessine l'itinéraire.

Tout est simple : la voiture brinquebalée sur les routes vers le nord, quelques fantômes, un verre d'alcool fort après le déjeuner. La certitude d'aboutir quelque part s'amenuise au fur et à mesure que les routes rétrécissent, jusqu'à ce que devant une cathédrale en construction, avec son toit triangulaire et ses voûtes en béton soutenues par d'épaisses colonnes, on tente un demi-tour. Dans le rétroviseur, mon père regarde s'éloigner le chantier, il dit pensif, Drôle d'époque pour une cathédrale.

La voiture s'enfonce dans le sable. Le chauffeur roule au pas et appelle un zémidjan qu'on paye pour qu'il nous montre la route, il nous prend cent francs, parce que ce n'est pas la porte d'à côté. Quelques mètres après il s'arrête à l'entrée d'un chemin et dit C'est ici, avec un signe de la main vers les quelques maisons au bout. On le remercie poliment quand même.

Je marche derrière mon oncle qui talonne son frère. Le village qui porte notre nom semble vide quand soudain on voit un homme qui se fond dans un arbre, à droite. Mon père s'approche, lui dit qu'il est venu ici petit, et d'autres choses, j'invente car je ne comprends pas. L'homme a de très grands yeux dont le blanc grisonne, son pas est traînant quand il commence à marcher vers une petite maison. Pourtant il n'a pas l'air plus vieux que le père ; il se retourne pour nous faire signe de le suivre, ses sandales en cuir continuent de déplacer des traînées de sable jusque devant les marches de la maison où il se déchausse. Attirés par le bruit, des enfants se sont rassemblés et nous regardent enlever nos chaussures à notre tour, monter les marches et saluer un homme, le plus ancien du village j'imagine, mais je doute car il n'a pas l'air si vieux non plus. Personne ici ne parle français. Je copie les gestes. Un verre d'alcool fort tourne et chaque homme en boit une gorgée, mon père me fait signe de boire à mon tour, je trempe mes lèvres, le passe à mon oncle.

Une autre femme boit, je souffle de ne m'être pas trompée, de n'avoir pas oublié ma condition. Les enfants attroupés au pied des escaliers murmurent dans les oreilles des uns et des autres. Puis l'ancien prend la parole, j'imagine qu'il demande à mon père d'expliquer la raison de notre venue, et j'imagine que mon père dit,

— Ma fille

à un moment car tous les regards se tournent vers moi, et je souris aussi fort que je peux pour compenser mon mutisme. À un moment Yao se lève pour prendre une photo, mon père lui lance un regard de grand frère. Il pose sa main sur mon genou, ses bagues brillent malgré l'ombre de la terrasse, je fixe la pierre d'un bleu profond qui orne l'une d'entre elles. Puis mon père me demande de sortir quelques billets, je les lui tends et il les passe à l'Ancien qui les donne à une femme à qui il manque une grande dent, et la femme accepte en souriant et part dans une autre case. Lorsqu'elle revient tout le monde se lève et la suit devant la maison. Elle pose des bouteilles à ses pieds, et nous nous accroupissons contre la terre chaude. Il y a un fanta ou un youki, du sucré pour des ancêtres, Yao m'explique, et une eau épaisse et blanche, sertie de grumeaux. J'ouvre la bouche pour demander au père ce que c'est, il me fait signe de ne pas parler. La femme nous présente aux ancêtres, j'imagine, leur demande de nous accueillir ici, chez nous, j'invente, elle leur offre le sucre et l'eau épaisse, en longs jets qui viennent tacher la terre. Je reproduis le geste de mon père, qui semble s'incliner légèrement. Mes jambes sont douloureuses, je ne sais pas rester accroupie comme ça. J'essaie de ne pas bouger, je tiens, l'équilibre me pèse, lentement on se relève. Les femmes réajustent leurs pagnes, des motifs rouges flottent sur du turquoise, des triangles bleus se remettent en place, on resserre un pli qui fixe la tenue au niveau des seins. Tout le monde remonte sur la terrasse, quelques paroles encore, je regarde les enfants qui me regardent. Mon père se tourne vers moi, il me répète un truc de l'ancien, Ta colère est comprise tu sais, de nous et des autres ancêtres qui l'entendent.

C'est la cacophonie, les voix des anciens se mêlent, ceux dont les pieds foulent la terre et ceux dont les racines pendent du ciel, j'ai à nouveau le tournis. Le vieux ajoute quelque chose que mon père traduit : Et pour tes frères, nous continuerons les incantations. Je le remercie de dessiner, par cette parole, autour de moi une adelphie brillante, j'étouffe un pleur discret. L'ancien reprend, Ton cœur s'apaise car tu as posé le pied sur cette terre, qui est la tienne. C'est notre village. Je vois le bout des coulées blanches de tout à l'heure sur la terre rouge.

Et puis l'ancien parle à nouveau et mon père a du mal à traduire, il dit que personne n'attend de nous un retour, mais que nous passerons par ici, comme son propre père passait au village sans jamais s'y poser, il dit que notre origine, c'est le départ. Le vieux attend que mon père ait fini de traduire puis poursuit :

— Les ancêtres vous ont poussés, les ancêtres vous poussent.

J'ai l'impression qu'il a répété quelque chose, ajouté une emphase, j'ai cru entendre comme un martèlement. J'imagine.

— Pour ta colère, ma fille, il veillera dessus. Il continuera à en parler aux ancêtres. Il dit que tu ne pouvais pas continuer à te fuir, à avoir un père pour destination. Il dit, Tu vas voir, la colère va lâcher.

Ensuite il y a des trucs qui gouttent dans mon cou tout d'un coup c'est la pluie. Pourtant l'instant d'avant et pendant tout le trajet il n'y a pas eu un nuage. Je suis fidèle à la réalité, je jure, mais il semblerait qu'elle grésille. Enfin, il pleut. On va partir. On vient de commencer la ronde des au revoir, les enfants ne sont plus timides à présent, ils posent avec mon père pour des photos que je prends. Je termine une accolade quand soudain ça goutte dans mon cou. Personne ne dit rien mais tout le monde sourit en regardant le ciel comme un secret partagé, et puis les gouttes arrêtent de tomber et on remonte dans la voiture après les dernières accolades. Je me dis qu'on a bien fait, pour les photos, de les prendre, au cas où j'aie rêvé. De mon village, qui n'a de moi que le nom, que je tiens de mon père, qui n'est peut-être même pas tout à fait le mien. Je demande pourquoi tout le monde a souri à la pluie, mon père dit, ah. Parce que ça veut dire qu'on a été entendus des ancêtres.

Adikou marque une pause. Ensuite elle dit : Moi, j'ai besoin que de lui, comme ancêtre.

16.

Pendant qu'Adikou racontait la carrière de phosphate a continué à s'écrouler. On dirait que tout me file entre les doigts. L'orange poussière teinte tout le ciel, sa peau s'assombrit. Elle ne me laisse pas le temps de rattraper mes esprits. Elle continue :

Mon père serre ma main fort, et je vois ses yeux se redessiner du bleu des anciens, mon premier ancêtre, je vois le bleu des anciens redessiner son œil, entourer la pupille qui se mouille au rythme de la mienne et j'ai trois ans j'ai cinq ans j'en ai quinze et le bleu des anciens dans ses yeux fait des vagues qui s'échouent le long de plages de moi, balayent les bouts de verre pas encore polis, dans ses yeux les anciens disent que ça suffit, qu'on a assez souffert, et l'amour me tombe dessus comme un barrage lâche, c'est abrupt mais on a assez souffert, les anciens disent ça suffit et le bleu foncé vient arrondir les angles autour de ses pupilles – et au plus tard maintenant, noire n'est pas une couleur mais bien un regard parfois perçant qui tranche le peu de soi qu'on aime, d'autres fois un œil à moitié clos mais toujours vif, qui promet le foyer d'une guérison proche. La colère ne quitte pas mes pensées, mais un nouvel amour transformera les cercles en spirale – et d'une spirale, on peut sortir, dans une spirale, on peut creuser.

Mon père tient encore mon bras sous sa main. Les anciens dans ses yeux érodent des couches et des couches.

Je laisse ma lèvre se retrousser vilainement. Ah ouais, je dis, donc tu es à côté de ton père sur la banquette arrière d'une voiture qui sort de votre village, là ? Et aucune sensation étrange ne se dessine alors que tu le vois regarder par la fenêtre ? Pendant que t'essaies en secret de coller tes pensées aux siennes ? Adikou dit que non, que le père se tourne vers elle et lui sourit, le plus grand des anneaux à son oreille tremble avec la voiture. Tout doucement.

Aucune sensation étrange, juste ces quelques gouttes de pluie, hein ? Cette bénédiction de divinités dont tu oublies les noms au fur et à mesure ? Ce minuscule village qui porte ton nom comme un théâtre, une salle dont on va pas tarder à rallumer les lumières ?

Adikou me regarde, un glaive brille dans son œil. Elle se penche par la fenêtre de la voiture. La poudre orange s'épaissit en tas de nuages à ras du sol. Le village d'Adikou, d'un côté et de l'autre des portières, prend l'eau. De grands pans mouillés s'affaissent, le mur d'une case et un *très vieil* arbre. Ce village, c'est du papier mâché. Y a rien qui tient. Peut-être, Adikou martèle, mais je l'ai cherché en rêve, j'ai rampé devant lui, les ongles dans la terre pour en cerner les contours, apprivoiser tout ce qui s'était sédimenté là, et aujourd'hui pendant un instant j'ai posé enfin le pied, tu vois ?

Pendant qu'elle s'épanche en lyrisme, la petite terrasse de la case principale s'ouvre doucement en deux, puis croule. Le bleu de la pierre sacrée se mêle à la terre rouge. Ça doit être une pluie acide, ou une structure de merde, tout ramollit et se délite. On dirait l'endroit où la terre s'ouvre.

Je couche mon corps contre le cuir craqué du siège. Ça colle. Adikou demande, les yeux écarquillés :

— Tu dors ? Je voulais te dire pardon, et merci, d'être restée sans haine, de t'être mise à genoux pour invoquer mes ancêtres.

Elle n'arrive pas à me regarder. Je dis qu'il faut qu'on se tire, qu'on peut pas rester ici. J'essaie d'attirer sa cuisse contre ma cuisse pour qu'on se lance en même temps. Quand je mets la main sur la poignée de la portière, elle met ses dents sur ma main. La voiture n'avance plus, enlisée. Dehors, les silhouettes restantes commencent à prendre l'humidité, des taches de moisissure s'étendent en vert sur leurs peaux de buvard ocre. Le chauffeur de la voiture est le dernier à disparaître.

Tu vas me laisser là, Adikou dit ou demande. J'hésite. C'est l'instant où tout s'écroule. L'instant le sait et il s'attarde. Il contient la voix rauque de la sœur à tête d'oiseau : Laisse-toi aller à la trahison, laisse-toi fuir. Il contient la caresse d'une femme qui sait la solitude qu'elle a portée dans ce monde et sait ne pas s'en désoler. C'est l'instant dans lequel l'autre enfant noir de l'école est retenu, quand les autres jettent par la fenêtre le contenu de son sac à dos deux étages plus bas, c'est l'instant où on rit aux larmes. On court dans les escaliers. L'année suivante, on s'assiéra aussi loin que possible de l'enfant noir. C'est l'instant, au retour d'un marché, où la main d'un nouvel oncle se pose sur une épaule endolorie pour détourner son regard de la fenêtre gauche de la voiture : sous la poussière sépia, des morceaux de moto sont éparpillés au sol. C'est le pas d'un père, loin, vers le fond du couloir de l'aéroport, devenant une nuance de gris et ne se retournant pas, le pas lourd ou bien sans effort, peut-être mécanique ou par réflexe, et dans tous les cas droit, affirmatif et léger comme le père pouvait l'être, et son pas, loin, disant qu'il n'y a pas de retour, qu'il n'y en a pas eu depuis des années ; il n'y a pas de père, il n'y en a pas eu depuis des années. C'est la petite leçon pour la route : apprendre à regarder non pas l'éloignement (il y a une seconde il était encore là), mais la direction : vers où le pied pointe.

Adikou prend une voix solennelle. On en est là, elle dit avec un rictus de petit démon :

Bénie est la pourriture. Béni soit le pourrissement car il est cycle. Béni soit le cycle car il est voie sans issue. Bénie soit la voie sans issue car elle est tombe. Bénie soit la tombe car elle est foyer.

Bénie, bénie, Adikou ricane, L'obscurité, elle brise les miroirs ! Béni soit ce qu'on enterre et qui germe le lendemain. Béni ce qui coule et ce qui s'enroule. Ouais, je me bénis. Dans la gorge rendue muette je creuse un trou par lequel souffler le silence de mon nom.

Je suis Adikou l'enterrée, et vive. Je suis la traquée et l'oubliée. Sur les murs gris placenta, je peins des arbres généalogiques, trace des indices et des voies pour qu'on me trouve. Mais je ne suis pas un corps étranger, alors aucune alarme ne sonne. Je finirai bien par me tirer par les boyaux. Peut-être que la couleur de la peau du corps est aussi universelle que n'importe quelle autre couleur mais je ne vois pas ce que cela ferait aux organes pourrissants. Béni est le sang, lignée et meurtre.

Je lui demande d'arrêter de déployer ce moment pour y fourrer sa folie, alors que la voiture s'enfonce.

Adikou dit, Parce que tu crois que ça m'amuse ? Soudain elle pleure. C'est à cause de la poussière de phosphate qui remplit la voiture. Elle secoue les yeux pour arrêter. Je dis, Tu vois bien qu'il faut qu'on bouge, tu peux pas rester comme ça, allez, s'il te plaît, on rentre. Elle rit aux éclats de verre puis dans une quinte de toux affirme : C'est moi qui dis quand on part.

Je crois qu'elle tremble, mais sa voix est calme, et d'ailleurs c'est la voiture qui tremblote, vieux monstre, la boucle d'oreilles du père pend au rétroviseur comme un arbre senteur.

— Tu veux rentrer pour quoi faire ? Tu te souviens comment c'était quand je suis venue te chercher ?

En parlant Adikou baisse la vitre de la fenêtre mais la poussière fait écran.

— Tu crois vraiment que je vais rentrer décorer ta chambre de plantes carnivores jusqu'à ce que ça sente l'orgie et la chair moite ? Passer des soirées à ajuster l'éclairage de ton salon et à regarder les assiettes se remplir de vin sombre ?

Elle dit qu'ici au moins, les fantômes nous prennent dans les bras. Si on restait, elle dit, ce serait pas la première fois qu'on habite une maison mensonge aux finitions brutes et au parpaing brisé. C'est pas la première fois que les routes se recroquevillent et nous écrasent.

Je rétorque maladroitement, des certitudes d'étoiles qui viennent de s'éteindre, et je sens que tout glisse. Je perds patience. Je perds patience à force de suivre ce corps infernal. Je perds patience à attendre de pouvoir raconter le voyage de sa grande guérison. Je me rends compte que ma décision est prise. Je suis moins pressée, alors. Je lui tapote l'épaule et Adikou me foudroie du regard. Elle voit bien qu'elle manque de temps, précipitamment elle fignole sa fin :

— Je suis assise face à mon père et cela commence à faire familier. On est éclairés par une faible ampoule très blanche, elle grésille doucement dans l'atmosphère tendue par les flux des voix de la réception de l'auberge. La sieste était trop longue, dès le réveil ça a été ma première pensée, la sieste était trop longue, la soirée s'annonce déjà et après elle la nuit et déjà le matin qui va emporter mon père. Je me lève et dans la chambre humide, je mange les longues peaux de mes pouces jusqu'à la douleur. Je fourre dans mon grand sac à dos les tissus les mèches les boules d'argile une petite statue les vêtements gorgés de terre les nouveaux bijoux les cahiers remplis, puisque c'est la fin, puisque tout est dit. Le sac à dos ne ferme pas, ça coule d'affaires de tous les côtés. Je crois entendre le moteur de l'avion qui grossit, grossit et se propulse, et ces heures trop courtes, et tout ce qu'on voudrait encore raconter.

J'observe mon père qui expire de la fumée par ses narines et j'essaie de deviner s'il est toujours sur ses gardes. Il y a un temps pour la colère, mais je ne sais jamais quand. Il relâche les sourcils et il a l'air calme et sage. La fumée épaissit la distance et brusquement j'ai très mal pour nous dont le départ est l'origine et l'éloignement le salut, et pourtant, il faudrait faire quoi, ne jamais lâcher la main, tenir la jambe, laisser passer les nuits d'orage…

Pourquoi tu pars, toujours ?

C'est sorti contre toute attente, sorti comme une irruption et je retiens l'instinct de me couvrir la bouche du revers de la main. Je répète la question au père qui ne me regarde pas, il fixe un point au-dessus de mon épaule dans la nuit.

Et puis le père répond qu'il est là, non ?

En enfilant le long sac en cuir sur son épaule, il pose une main sur moi pour dire, J'ai confié ta colère à l'ancien du village, elle ne va pas disparaître mais tu n'es pas seule, elle va grossir, tu sais, te défier, tu sais, ces choses-là n'aiment pas qu'on les contredise, mais tu ne seras pas seule.

En racontant ça Adikou est pensive. Dit : Il paraît qu'on était peut-être toutes seules, tout ce temps. Sa gorge commence à trembler et moi je ne sais pas contrôler ses bêtises, les entailles qu'elle se fait dans les paumes jusqu'à y lire un destin. Je sais juste la suivre, qu'on soit nous deux au moins et pour moins que ça elle pourrait se sentir forte, Adikou, mais elle préfère se prendre les pieds dans les nuages et patauger dans des marées noires. Elle dit que c'est pas de sa faute, c'est la faute au soufre et aux années, c'est la faute à pas de chance cette passion pour l'ombre. Je sens qu'elle s'enfonce dans la banquette de cette voiture qui, devant la carrière de phosphate, se gonfle de sable. Je me dis, C'est pour prendre de l'élan. Elle s'enfonce un peu plus. Je me dis, Ah. Je crains pour elle, mais de loin. Comme si j'étais déjà passée de l'autre côté de la portière ou comme si j'avais marché hors du déluge, comme si j'étais déjà passée quelques heures plus loin, comme si j'étais pas sûre d'avoir bien vu.

Quand elle sort de sa poche l'œil de son père qu'elle gardait comme une bille, je dis T'as craqué. Quand j'ouvre la portière, elle dit, Comme le ciel.

17.

La sueur d'une gigantesque journée attrape le vent sur ma peau, coule froide le long de mon dos. Je frissonne. Assise face à l'océan, épuisée, je crois voir Adikou jouer avec la marée. Je secoue la tête. Je suis sur la plage, pas loin de tout mais perdue quand même, soulagée d'avoir trouvé une auberge ouverte et une chambre au bord de l'eau. Dans ce lieu de villégiature désert en semaine, il fait un silence terrible.

Quand il commence à faire nuit, je me lève, marche le long de la route qui longe la plage. Il n'y a pas d'éclairage, seulement des petits feux là où des gens discutent et de temps en temps, la lumière électrique blanche d'une épicerie. Je m'arrête là où on peut encore me faire un plat de spaghettis. Il n'y a personne, je suis seule et j'essaie de lire un livre de poche dans l'obscurité en mangeant des pâtes aux saucisses de volaille. La serveuse rôde autour de mon bout de table, demande ce que je fais ici. Elle pouffe de rire. Un vendeur de mangues hèle les passantes.

Il crie, À qui est cette honte ? Ou bien c'est quelque chose d'autre qu'il crie, je ne sais pas, je ne comprends pas grand-chose à la langue parlée ici.

Ensuite je crois qu'il raconte que deux scorpions ont éclos d'un même œuf fendu. L'un trace vers le nord, parcourt à toute vitesse des kilomètres de terre gorgée d'eau. L'autre est déjà couché, ou bien – je me raccroche aux quelques mots de français qui ponctuent le récit – est allé vers la mer. Ensuite je crois que le vendeur de mangues explique aux femmes assemblées autour de lui qu'il y a eu un accident à la carrière, à cause du déluge. Il fait des gestes et elles poussent des courts cris graves. Je doute, soudain, d'avoir bien compris la première partie de l'histoire. Je fais mon sourire inoffensif pour signifier que je ne comprends rien. Le vendeur de mangues détourne le regard.

C'est peut-être à ce moment-là qu'Adikou est piquée par un des scorpions qui fuient la carrière affaissée. La portière de la voiture est restée entrouverte, une montagne de sable la maintient en place. Elle l'accueille avec courage ou bien avec soulagement : Ah, ah, hello scorpion, alors toi aussi t'as un temple comme les pythons ? Le scorpion répond ou bien ne répond pas, en tout cas il pique. Elle se plie en deux.

Adikou voulait que j'écrive des portraits de famille puissants, des déjoueurs de cartes en habits du dimanche, des breloques un peu laides qui rappellent à la vie et des divinités petites que l'on tient dans sa main. Elle voulait que je lui peigne une famille, que je leur donne des noms et que je les couvre de cette lumière du soir qui plaque d'or, que ce soit beau et que vraiment, ce soit la vie. Elle voulait une histoire à se fourrer dans la poche ; et la fermer un peu, la poche, que dedans il y ait son poing, qu'il soit toujours en boule, et pour faire un truc elle aurait poussé une porte, derrière il y aurait eu des bruits et une lumière, pas dorée du tout, plutôt un gris tout doux, d'ailleurs il y aurait eu de la pluie certainement à n'en plus finir, et à ce moment-là elle aurait ri, elle aurait dit Nique, parce qu'en vrai elle parle mal, et Ouais j'ai peur, parce qu'en vrai elle est honnête, elle aurait salué tout le monde, les sisters et les tantes des villages et celles de Château-Rouge et le Nord et ses usines et le Sud et ses piscines. Elle aurait dit : Chez moi.

À travers la porte de ma chambre, rongée par l'humidité, je n'entends que l'océan qui roule et puis ces chiens qui se battent sur le sable. Le vent porte les bruits du Golfe. Sur la plage, devant la chambre, les palmiers ont fondu dans la nuit. En sentant le poids de la bouteille de bière dans ma main, l'étiquette décollée, je me souviens des mots d'Adikou, Il faut que tu lâches quelque chose.

Alors je hausse les épaules. Je dis, comme si elle pouvait m'entendre, Faut croire que t'as lâché, toi.

Ces fantômes que tu chassais et la botte pointue de ton père. Et faut croire que je t'ai lâchée, moi, et faut croire que tu m'as laissée partir.

Ensuite je sanglote dans ce corps. Je le sens tout d'un coup, le souffle qui monte et qui descend, le flux et le reflux. Une élévation et puis une rechute. Un court instant où l'air ne passe plus, tellement la gorge est gluante. C'est étrange, je me dis, qu'est-ce que c'est étrange, un corps, ce n'est que la nature même, le mien, la mienne, et donc je regarde vers le bas, vers ce corps, je fais craquer le cou vers le bas, le menton touche une clavicule, magnifique est la rotation du coude.

Une lampe à huile s'est allumée quelque part sur la route. Les palmiers tremblent décidément à l'arrivée du vent du Golfe ; dans une nuit qui ne m'appartient pas, dans un air dont je sens, moi aussi, que je dois débarrasser mes poumons. En chuchotant dans l'air tiède je remercie Adikou pour sa confiance. L'histoire n'est pas à moi, je la lui rends, je dis : Va donner ça à ton père. Pas de réponse. Je pourrais juste pleurer. Je ne pleure pas.

Je marche seule, sans cette fureur de fille qui rayonne comme un soleil gonflé et gâte les choses. Le sable gratte mes pieds dans mes sandales allemandes. Des enfants passent en courant. Des hommes et des femmes, jeunes, se tiennent dans le noir près de la maison au coin de la rue, une grande maison inachevée mais habitée. Je peux entendre leurs rires, ils résonnent dans ma tête longtemps après que je suis rentrée me coucher.

Pour après je murmure, Il faudra que l'histoire pardonne à Adikou de n'être pas arrivée. Il faudra la fumée d'une bougie éteinte à la cire encore chaude et les voix des démons qui jouent aux dominos. Il faudra que l'histoire ne lui en veuille pas de n'avoir pas eu à fuir et d'avoir fait que ça quand même. Il faudra zoomer pour qu'on ne voie pas qu'il y a un ventre plus gros que celui d'une mère. C'est le ventre de la bête, et aucune de nous ne s'en est libérée, pas dans cette histoire-ci. On y regarde la peau d'Adikou comme des minéraux bruts et ses lèvres comme deux portes brisées. Les muscles se souviennent. Ils encaissent l'enfance et tissent une honte.

Bien sûr qu'elle aussi est coupable. Il n'y a pas d'innocence dans le ventre de la bête. Pourtant c'est à l'histoire que la honte appartient. On n'y est pas chez soi. Il y a des artères qui même striées de coupures dessinent des cartes. Il y a des plans plein son corps. Il y a des gens qui sont traversés de frontières, celles du père tracées à la baïonnette, celles d'Adikou entre des draps fatigués et des moustiquaires. Et pourtant il n'y a rien qu'un peu de sable ne sache effacer.

Moi, dans ma chambre en bord de plage, dans la nuit bien installée et dense, je me réveille d'un coup et l'instant d'après c'est comme si mon corps se débloquait et là je sens le truc c'est énorme c'est incompréhensible. Je fais un bruit de bande dessinée, une onomatopée ratée, ça me lance c'est dans la fesse droite c'est un canif et c'est en train de trouver tous mes nerfs de percer les cinq couches de peau de graisse de ma fesse droite et je ne sens rien mais j'ai si mal. J'essaie d'allumer la lumière, mes mains s'emmêlent dans la moustiquaire, je mets le doigt là où était ma fesse et il n'y a rien. Je trouve la lampe torche, je l'allume et je balaye le lit mais il n'y a rien, du tout. Je me traîne jusque dans la douche, laisse couler le filet d'eau. Pour ne pas flancher je regarde fixement mes pieds dans un peu d'eau stagnante, et dessous, les carreaux gris, j'imagine les étapes qui me séparent d'un hôpital, d'un rapatriement, de là d'où je viens, d'une odeur de sueur sans sel, d'un endroit sans scorpion, d'un très petit trou, d'un mini nulle part. Une fesse levée, une au sol, je laisse s'inscrire dans ma peau le motif régulier des petits carreaux.

Aucun bruit de pas dehors. La douleur me paralyse lentement et fait battre mon cœur, je me dis que quoi qu'il m'arrive, là tout de suite, je suis seule, et tout d'un coup ça m'apparaît, c'est idiot, moi aussi je vais mourir ici, pour rien, comme ça, alors je sors de la chambre je marche vers le portail qui mène vers le chemin qui mène vers la route, seuls les chiens me suivent en frottant leurs ventres contre le sable. Je marche sur la route vers la lumière d'une torche qui s'approche. Une voix d'homme : Qu'est-ce que tu fais là ? Il porte un badge qui indique la surveillance du quartier. Je suis à l'auberge, j'explique, j'ai mal.

— Tu voyages seule ?

Je le regarde sans trop comprendre et fais machinalement un geste vers Adikou, pour voir si elle est là. Elle dit Laisse, montre-lui juste tes papiers. Son père trouve ça pas possible, qu'un inconnu puisse demander des papiers, et puis il hoche la tête pour dire Faut le faire quand même. Je sors mon passeport bordeaux et l'homme dit :

— C'est pas sérieux de marcher seule à cette heure-ci.

Adikou sourit : T'as déjà marché seule ?

Elle dit,

Il y a une voiture couverte de terre rouge, au bord d'une vieille carrière de phosphate. Les lézards, les scorpions et les caméléons en sont sortis le sang froid, le ventre plein. J'y suis restée. Il y a là un instant, qui vaut bien un pays, qui n'est rien qu'un peu de sable ne sache effacer.

REMERCIEMENTS

Pour écrire ce texte, j'en ai lu, écouté, annoté, recopié beaucoup d'autres. Notamment Léonora Miano dont je tiens le pays de l'eau, Gaël Faye au sujet du métissage, Warsan Shire et ses poèmes sur le corps-colonie, Frantz Fanon qui débarque dans ma vie comme dans la cour d'Adikou, Johnny, Kalash et Ninho pour le Tennessee, Nina Simone pour le Mississippi (Goddamn), Taiye Selasi pour ses mots sur la honte et l'appartenance, Omar Musa sur ce qui défie les cartes. Les extraits qui s'emmêlent page 35 sont de Ta-Nehisi Coates, James Baldwin et Suheir Hammad.

Ensuite, beaucoup de personnes ont œuvré à ce qu'il devienne un livre dans la vraie vie. Je remercie chaleureusement Juliette Joste, Sharon Dodua Otoo, Patrick Chamoiseau, Alfio Furnari et Marie Lannurien, Katharina Schlott pour leur accompagnement, leur générosité et leur confiance, ainsi que tou·te·s celleux qui ont participé à la fabrication de ce livre. À Lomé, merci à la Maison des artistes et à celleux qui m'ont permis de trouver de quoi parlait ce livre.

À toutes les personnes qui m'ont lue au fil des années, des toutes premières (vous savez qui vous êtes) à celles à venir, merci.

C'est l'amour de ma mère qui me rend courageuse ; ce sont mes frères qui veillent sur mon cœur. Merci.

À ma famille, mes ami·e·s et amours, tou·te·s celleux qui, depuis des années, me *love back to life* (comme dirait Céline Dion). Merci à Grégoire. À Tino, tous les jours.

Cet ouvrage a été achevé d'imprimer sur Roto-Page
par l'Imprimerie Floch à Mayenne
pour le compte des éditions Grasset
en décembre 2023

Composition et mise en pages
Nord Compo à Villeneuve-d'Ascq

PAPIER CERTIFIÉ

N° d'édition : 23010 – N° d'impression : 103780
Dépôt légal : janvier 2024
Imprimé en France